アンニョン、エレナ

金仁淑《キム・インスク》 著

和田景子 訳

アンニョン、エレナ

The WORK is published under the support of Literature Translation Institute
of Korea(LTI Korea).

アンニョン、エレナ＊目次

装画　寺澤 智恵子
装丁　宮島 亜紀

アンニョン、エレナ

秋に旅に出るという友人に、私は姉妹《きょうだい》を探してくれるように頼んだ。弘大前にある、大きな木が繁るオープンカフェでのことだった。初秋とはいえ、まだ残暑は厳しく、テラス席に客は一人もいなかった。私たちは汗を流しつつ、薄焼きのピザを食べた。パンが主食の国に旅立とうとする友人は、ピザを食べようという私の提案に乗り気でなさそうだったのに、実際テーブルに運ばれてくると、私よりもよく食べた。

薄いピザ一枚といっしょに生ビールも何杯か空けた。日が暮れ始めぽつりぽつり街灯がともると、残暑のせいでまだ色づいていない葉と葉の間から、街灯の黄色い光がのぞく。光を受けて葉は、葉脈をくっきりときわだたせている。暗くなり気温が下がり始めると、テラス席のテーブルにも人が増えてきた。注文もせずに長いこと居座っているのは気が引けるのでビールをもう一杯ずつ注文したが、ほとんど飲まないままだった。友人も私も、酔っぱらうまで飲むのは好きではない。

「お願いできる？」

姉妹を探してほしいという言葉は、私の口から何とはなしに出たのだったけれど、お願いできるかというこの言葉は、少し強引だった。酔ってなどないと思ったが、酒の勢いだったのは確かだ。友人が、クスクス笑った。もしかしたら、彼も酔っていたのかもしれない。

友人は、三年間勤めた会社を辞め、その退職金で海外旅行をしようと思いたったという。旅行をしようと決心したのが先だったのか、辞表を出したのが先だったかはわからない。とにかく、それはほとんど同時発生的に起こった。友人は退職金を受け取るなり、分割払いにしたクレジットカードの未払い分を支払期限がまだ来ていない分も含めて全額一気に清算してしまい、それからはノースフェイスのリュックサックや寝袋や、ジャンパーなどを一括払いで買い込んだ。一日中ネットで旅行情報を集めては、格安チケットを調べたりしたのだが、後にもっと安いのがあるのがわかると、キャンセル料付きで払い戻すなんてことも一度や二度ではなかった。その場合、後で見つけたさらに安いチケットとホテルは、いかなる理由があってもキャンセル不可という警告メッセージとともに予約完了になったという。

「重要なのはキャンセルできないってことなんだ」

出発の日が近づくと、友人は口癖のようにそう言っていた。私はその言葉が出るたびに確かにね、とうなずいた。キャンセル不可……。今さら珍しがることでもないだろう。考えてみれば、私たちの人生だって、もとよりキャンセル不可なのだから。

まだ学生だった私は、帰宅時間が遅くなるのはいつものことだった。父が決めた門限に合わせて帰宅するのは、至難の業だった。が、私は早く帰ろうといつも努力するのだが、どんなに急いでも二、三十分は遅れた。父がドアを開けてくれないことも時折あった。そんな時私は、マンションの踊り場にぼんやり立って十二階下の駐車場を見下ろすのだった。背後ではエレベーターが機械的な声を発しながら上がったり下がったりし、その音に私は背中がぞくぞくした。大学に入ったばかりの頃。その時の門限は十時だったが、家に着いてみると十時五分だった。

父はドアを開けてくれなかった。ほんの五分遅れただけじゃない！　私はマンションの鉄製のドアを拳でがんがん叩き続けた。少ししてから足で蹴ってみたりもしたのだが、それでもドアは開かなかった。何のことはない。家には最初から誰もいなかったのだ。

その日父は、夜中を過ぎてようやく帰ってきた。それまで何の連絡もなかった。そんなことになったのは、おそらく意地っ張りだった私のせいだったのだろう。一時間近く待っても開かないドアに痺れを切らし、結局私は持っていた鍵でドアを開けたのだったが、部屋の中へ入ってからも、帰宅が遅い父への腹立たしさを抑えられなかった。父は反省しているにちがいないので、この際、門限の規則をなくしてもらおうと思った。

「私はたった五分遅れただけなのに、お父さんは二時間も遅れたじゃない。私は一時間も外で待ってたんだから！」

父は私をじっと見た。その表情からは、怒りも申し訳なさも読み取れなかった。

「そうか。じゃあ、これからは、お前の人生の五分を考えるんだな」

もしかしたらあれは父の冗談だったのかもしれない。父は自分は冗談のわかる人間だと思っていた。まったく場違いなたとえを出して父は一人で腹を抱えて笑ったが、聞く方にとってはなんとも居心地が悪い。ところがその日父は笑わなかった。続けてきた会社をたたみ、死ぬまで失業者として生きると決めたのだと、私は後に知った。それにしても、私の人生の五分って……？　もし私にそれだけの時間が与えられたなら、つまり、私がもう五分ばかり早く家に帰っていたなら、私は父の決心を変えられただろうか。多分そうはならなかっただろう。後悔も反省も無意味だ。ましてやキャンセルや払い戻しなんて。私はもうそんな無駄な夢を見たりしない。私の人生にとっての五分も結局はキャンセル不可だったのだ。

友人が旅行先から最初のメールを送ってきたのは、旅立って半月後のことだった。〈うわぁ！　ネットがつながった！〉それがメールのタイトルで、ファイルが添付されていた。それは三枚の写真ファイルで、タイトルは、エレナ1、エレナ2、エレナ3となっていた。添付ファイルを開く前に、まずはメール本文を読んだ。短い内容だった。

ここは、あちこちエレナだらけだ。ここにもエレナ、あっちにもエレナ。

短い文のあとに、笑いを意味する絵文字が記されていた。友人がふざけているのかと思ってファイルを開くと、エレナ1は、友人がどこかの白人少女と旅先で撮った写真で、エレナ2は、その少女が中年の白人女性と並んで座っている写真をさらにカメラで写したものだった。おそらく、少女の財布の中に入っていた写真を撮ったのだと思う。エレナ3は、町のキオスクを撮ったもので、新聞売りの女性がカメラに向かって明るく笑っていた。私はその三枚の写真をノートブックパソコンの画面に並べて表示し、しばらくの間眺めていた。友人が送ってくれたメールは短くて情報が少なすぎたから、私はその写真をどう考えればよいのかわからなかった。

友人が旅立つ前、私は彼に姉妹を探してほしいと話した。酔った勢いでというよりは、冗談で言ったという方が近かった。父は昔、遠洋漁業船の船員だった。といっても記憶にない頃のことだから、それももしかしたら単なる父の冗談だったのかもしれない。でも父は、私がだいぶ大きくなってからも、酒が入りさえすればその頃の武勇伝をくり広げた。半年、あるいは一年、南極に留まってイカを釣り上げた若い船員の話は、幼な心になんともロマンチックに聞こえた。私は自分の目で海を見もしないうちから、父の記憶の中にある海を見たのだった。私の想像の海には、氷がぷかぷか浮いていて、たくさんの氷の塊の間に、赤い光を発したイカたちが群をなして泳いでいるのだった。な、寂しいだろう？　そう、そこは本当に寂しいんだ。話が一段落するたびに、父は相の手を打つように言った。朝出ていって夕方帰ってくる航海とは違う。数カ月の間ずっと海の上で過ごすのだから、実際ロマンなどまったくなかったにちがいない。新米の船乗りは、船酔い、孤独、それに、いつ飛んでくるかわからない暴力に耐えかね自分から海に跳びこみ、腹が破裂するほど水を飲んだ状態で浮かんだところを網で引き上げられたりしたと、父は笑いながら話すのだった。

私が初めて海を見たのは、私と同い年の子どもたちよりだいぶ遅れすでに十歳になっていた。海に氷も浮かんでいなければ、遊泳するイカもいなかったし、孤独な船員たちが乗っている漁船もなかった。けれども、網はあった。頭に手ぬぐいをかぶった女性たちが船着場に並んで座り、網を繕っていた。美しい女は一人もいなかった。生まれて初めて見た海よりも、網を繕っていた女性たちの、日に焼けたしわだらけの顔の方をより鮮明に覚えていることから、父が酔って話してくれた話のうち、一番印象深かったのはやはり、エレナの話だったのだろう。

「あの港の〈エレナ〉たちはな、みんな俺の子どもだ。かわいそうだけどな……。だが、種だけは撒いてきたから、何とか自分たちの力で生きていくだろうよ」

それはまだ母と一緒に住んでいる頃のことだった。父がそんなことを言うたびに、母は鼻で笑っていた。まるで、鼻を大きくかむ時みたいに、ふんっ、という母の声を聞いた私は、母も私と同じように、その話を面白がって聞いているのだと思っていた。曖昧な記憶だけれど、確かにそう思っていたと思う。

私は毎晩、皮膚の色が違う姉妹と一緒にいる夢を見た。夢の中で私たちは、互いに違う言語で対話していた。それはいかにも子どもらしい夢で、私たちはいつも、漫画の中に出てくるようなとんがり屋根の城や、アルプスの草原のような場所で会っていた。アルプスに草原があるかどうかは疑問だが、ともかく私の夢の中ではそうなのだった。夢から覚めると、なぜか胸がふさいだ。幼かった頃の私が家出したいと思ったことがあったとすれば、おそらくそれは地球の反対側にいるという私の縁《えにし》を探すためだったろう。

遠洋漁船に乗る夫と、その夫を待ちながら一人で子どもたちを育てた妻。二人の仲は円満とはいえなかった。夫は自分がいない間の妻の行動を訝った。妻が重ねた行いの中で何よりもひどかったのは、夫の口座に振り込まれた、当の夫は眺めてみたことすらないような大金を、あれやこれやの名目で使い果たしてしまったことだった。店を出せばつぶし、誰かに高い利子で金を貸して踏み倒され、夫がいない間に一人で生んだ子どもが脳髄膜炎にかかったといっては、医療費にお金を全部費やした。父はそれこそもう心頭に発するほど怒り狂い、母の髪の毛をわしづかみにして、頭を拳で殴ると家の外へ追い出した。母は、失くした金額があまりに大きかったから、このぐらいされるのは当然だとでもいうように、ドアの前にうずくまっていたり、時には家の前にある商店で買った氷菓であざになった顔の部分を冷やしながらぼんやりと立っていたりした。その時の母の顔は、父がいない時のあの明るい顔ではなかった。母はどこにいってもよく笑ったし、誰にでも分け隔てなく親切にする人だった。商店にねぎ一束を買いにいっても、見ず知らずの男性客とベンチに座り、その男性が買った氷菓をかじって食べたりなんかもした。母は遠洋漁業船に乗る夫の話をしながら、誰が見ても胸が痛くなるぐらい恋しさに胸をしめつけられるような顔をしてみせた。時折母は、見ず知らずの客の前で涙を流してたりもしたが、恋憐の情はあんなにも人を輝かせるものなのか、そういう時の母の顔は、熱湯でゆでられる前のイカみたいに、輝やかに艶めいて見えた。

子どもの頃に住んでいた庭のある家には、ライラックの木があった。紫色の花びらが爆竹のように咲き乱れる春には、その花びらが母の頭や肩に降り注ぎ、家中が、濃厚な花の香りに満たされた。父は、ハカランダという花の話をした。その花は、停泊していた港に咲いていたのだと。船から降りると、港全体が紫色に染まっていて、その花が散った通りは、一面紫色のじゅうたんを敷きつめたようだったと。深紅と黄色の花が咲くラパチョの木の話もした。母と私は、想像の中でその花を眺めた。父が脳髄膜炎で死んだ息子の最期を想像の中で見たように。

私たちはみな、ライラックの木を見ながら夢を見た。しかしそれもつかの間。父は突然立ち上がると、「おれの金をお前は全部使っちまったんだな?」と怒鳴って母の髪の毛を引っつかんだ。あまりに唐突だったから、いも虫みたいに体をよじらせた母がぶたれる姿さえも、夢のようだった。ぶたれて揺れる母の髪から、ライラックともハカランダとも知れぬ花びらが揺れた。

ライラックの木が花を咲かせる頃になると、母は父がずっと長いこと帰ってこなかったらどんなだろう、そんなことを考えているようだった。つまり――。自分にはわかりようもない、想像することもできないような遠い場所にあるその港で、〈エレナ〉を抱き、〈エレナ〉たちの面倒をみて父はそこで生き、もうずっと帰ってこないようになったらどうか、と。ハカランダが咲きラパチョが散るのを見ながら父がそこで暮らしたなら、そうしたら母の人生はもっと幸せなものではなかっただろうか。

友人はまたメールを送って寄こした。今度もファイルが添付されていた。エレナ4、エレナ5。

エレナ4の写真で友人は、少女たちと、バスターミナルにある椅子に座っていた。田舎のターミナルで観光客相手に土産物を売る少女たちのようだ。少女たちが座っている椅子の下に、紐で作った腕輪や木製の装飾品、水の入ったボトルなどが見えた。いつの間にか真っ黒に日焼けしている友人の両脇で、少女たちは思いきり笑うこともできず、少し戸惑ったように、遠慮がちに笑っていた。友人が旅立った後、私が住んでいるところには冬が訪れたが、写真の中の友人はノースリーブを着ていた。少女たちは長袖に丈の短いスカートをはいており、足は素足だった。写真を撮るために帽子を脱いだのか、髪の毛がぺたんとなっている。エレナ5の写真に友人はいなくて、二人の少女だけが写っていた。少女は日の光を避け、日陰に座っていた。原住民との混血なのか、黒い肌と真っ黒の大きな瞳が印象的な、なんとも美しい少女たちだった。

だが、二人のうちどちらがエレナだろう。もしかして二人ともエレナ？　友人は休みなくメールを送って寄こした。ある時なんかは、一度に五枚の写真ファイルを添付して寄こし、その中の一枚は、前歯が全部抜けてしまったおばあさんがフガフガと笑っている写真だったし、また別の一枚は、思わず見入ってしまうような美しい人が、白い犬と一緒に写っている写真だった。それらの写真を眺めながら、私は大笑いした。ひょっとして、この犬がエレナってわけ？

そんなわけはないだろうけど、でも、その可能性だって、ないわけじゃない。添付ファイルの一つは、短いメモを撮影したものだった。それは旅行者用のポケット辞書のメモ欄を破いた紙に綴りの間違った英語でこう書かれていた。

「私はあなたのシスターです。韓国に招待してくれませんか？」

私はまたも吹きだした。このメモを書いたのはどのエレナだろうか？　私は友人が送ってくれたファイルを写真屋に持って行きプリントした。デジタルカメラで撮った写真をプリントしたのは初めてだった。私はそれらの写真を壁に貼り付けた。見知らぬ場所のある夏の日の空気が、私の部屋に入り込んだ。そして、何人ものエレナが、とびきりの笑顔で、あるいははにかんだ微笑で、私を見つめていた。その中には、犬もいればメモの書かれた紙切れもあった。

　友人が全世界を旅して回るのでなくてよかったと思う。もしそうだったら、世界中のエレナを写真に撮って送って寄こしたであろうから。エレナという名は、トロイ戦争の原因となったギリシャ神話の中に出てくるヘレネに由来する。私はそれを友人からのメールを受け取って読む日々の中で偶然に知った、インターネットの検索サイトを通してだった。ゼウスの娘として生まれ、ギリシャで一番美しいと言われたヘレネは、トロイ戦争後、スパルタで死ぬまで幸せに暮らしたという。別に、絞首刑に処されたとする伝説もある。百科事典には、百科事典らしくというべきか、夫を裏切り恋人と共にトロイに逃亡したヘレネは、ヘレネに焦がれた恋人の幻想であったとする伝説も紹介されていた。エレナという名は、イギリスではヘレン、フランスではエレン、ドイツではヘレナと呼ぶという説明も付されていた。そこで私は、はっとした。こういうのを「世界はひとつ」We are the world. というのかもしれない、と。友人が送ってくれた写真を前にして、一瞬にして私も世界のひとつになった気がした。

　友人から、会社を辞めて旅に出るという話を聞いた時、私はその言葉がどんな意味なのかすぐには理解できなかった。つまりは、旅行に行くために会社を辞める、そういうことだろうか？　そんなこと、あり得るだろうか？

　私には辞めるべき会社もないし、退職金なんてものをもらえる立場でもない。だから、数カ月に及ぶ一人旅行など、夢のまた夢なのだった。大学卒業後、いくつかの職場に勤めはしたが、そのどれもが臨時職員として、あるいは、非正規の社員として仕事をしたことがあるだけだった。いい大学を出たわけでもなく、外国に語学留学したこともなく、ほとんどの人が持っている資格すらなかった私は、他の人が持っていない特異な資格など、望みようもなかった。そうできるだけの環境になかったのだ。父が失業者となるや、自分で使うお金は自分で稼がなければならなくなったためだった。父はもう一度職に就くこともなければ、事業を起こしたり投資をしたりすることもなく、その他、どんな方法であっても稼ごうとはしなかったため、真っ先にしなければならないのは支出を抑えることだった。大学を卒業するまでの学費は出してやるから、残りはお前の力でなんとかしなさい、父はそう言った。外国では、二十歳になる前にみんな独立するのだとかなんとか、そんなことも言い添えながら。しかし、そんな切実な言葉を切実に言えない父は、鼻をひくつかせながら、冗談めかして言ったのだった。言ってしまうと父は、一人さみしく笑った。

それは私が大学一年の時だった。浪人して大学に入ると、私はもう二十歳になっていた。学費まで稼げとは言わない、せめて小遣いだけは自分で何とかしろということだったが、当時の私としてはそれだけでも大きなショックを受けていた。自分はまだ親の世話になってもいい年齢だと考えていたけれど、同時にもう父から干渉されるような歳ではないとも思っていて、私の中で相反する考えが同居していた。しかし、どっちにしろ、問題の切実さは同じだった。開かないドアの外に立っているのも、誰もいない家に一人いるのも、孤独で怖いのは同じだった。

　離婚後、父は独りで私を育てた。私が中学校に入学した頃のことだった。もう幼い子どもではなく、思春期に差しかかった娘の私を抱えこんだのは、父の意地が引き起こした悲劇的な結末に過ぎなかった。離婚するとき、父は母の希望を何一つかなえてやるまいとした。母の望みを奪うためなら、父は自分の人生などどうなってもかまわないと思っているようだった。しかし、こと私に関してだけは、父親の思う通りというわけにはいかなかった。父は、母親というものがこんなに簡単に娘を手ばなすとは思いもしなかったのだろう。私を引き取って育てた最初の数年、その間に父が陥った混乱がいかほどのものだったかを一番よく知っているのはやはり私だろう。朝方は厳しい態度で私に接しても、夕方には朝のその厳しさは消えて穏やかになったし、そうやって優しい態度で接した夜の翌朝はまた頑固な父に戻っていた。そして残ったのは、たった一つ、門限だけだった。一時期父が働いていた魚市場は、始まるのが明け方で、昼にはもう終わるのだったが、仕事が始まる明け方に家を出るためにはまだ日の高いうちから眠らなければならず、そうなると父は娘の帰宅を遅くまで待っていられるはずがなかった。父は、娘の門限にアラームがなるように時計を合わせてから眠った。アラームが鳴って目を開けた時、娘がまだ帰っていなかったら、外から鍵を回しても開かないように、内鍵をかけた。運が良ければ、私が帰る時間まで父が起きていることもあり、そういう時は叱責の言葉とともにドアが開くのだが、だいたいは父自身もわからないうちに再び深い眠りへと入ってしまうから、毎日のように帰宅が遅かった私は、結局、長いことドアの外で罰を受けるしかないのだった。

その不当な扱いがどうにも我慢ならないと思うようになったのは、私が大学を卒業した頃だった。その頃には父はもう失業していたので私は朝から晩までアルバイトをしなければならず、そのため門限などまったく意味のない、あってないようなものになっていた。それでも古傷がうずくように、眠っていた怒りが爆発することも時にはある。突然、何の前ぶれもなく、いつも通り夕食の準備をしていた母に走り寄り、髪の毛を引っつかんで延々と振り回した、あの時の父のように。

私はほぼ一カ月の間、家の外に出るまい、そう決めた。父が起きている間に眠り、父が眠っている時間に起き出して、冷蔵庫を開けて食べるものを探して食べたり、トイレに行ったりした。別れた恋人、私を捨てた母親、何一つ誇れるもののない自分の人生の行く末の暗さ、それらが全部ないまぜになり、狭苦しい自室の中にあふれそうに積み上がったゴミも一緒になって私の呼吸器を圧迫していた。その頃住んでいたのはマンションで、毎晩隣から泣き声が聞こえてきた。あの声はいったい、部屋に閉じこもって何日目から聞こえていたのだろう。最初はその声が慰めになっていたところもあったのだが、次第にどうにも耐え難くなり、ついに私はドアを開けて家の外へ飛び出し、隣の部屋に向かった。ドアをたたこうとしたその時、中から髪を振り乱した女性が出てきて、食べ終わった出前の器を突き出した。

「どなた？」

泣きはらした目をした女が、言った。何のつもりで隣のドアの前まで行ったのか、わからなかった。私は「もう泣かないで」とでも言いたかったのだろうか。「私だって泣きたいけどこらえてるの」。さもなくば、いきなり「すみません」と謝るつもりでいたのだったか。「もし、私の泣き声があなたの部屋まで聞こえてたらすみません。泣いたことを後悔しても仕方がないけれど、この世の終わりと思うことがあっても、過ぎてみたらもっと悪い日もあるのね。だから、あなたも泣かないで」と。ところが、実際出前の器を置くのをやめてどなたと訊ねた女を前にしてみると、出そうになるのはそんな品のいい言葉ではなかった。

「こんな時によく食べられますね。のどを通らないでしょうに」

もちろんそんなことはいわなかった。私も自分の部屋に閉じこもっている間に食べたカップラーメンの数がいくつになるかなんてわからなかったから。腹の中でのびて膨らんだラーメンが、ごっそりのどから飛び出してきそうだった。家に戻ると、父がドアの前に立って私を待っていた。「もう気はすんだのか」とでも言いたげな顔で。隣の女には言えなかった言葉が、突如、堰を切ったように父に向かって滝のようにあふれた。

「どうして？　どうしてお父さんは外に働きに出ないの？　お父さん、還暦もまだじゃない。こんなことがあっていいとは思えない。ここはアメリカじゃないのよ。まだ十分働ける身で、どうして娘に頼っていられるの？　アメリカの親だって、娘に依存したりしない。私、お父さんの面倒を見るどころか、自分のことだけで精一杯、毎日へとへとだっていうのに、私も必死なのよ！」

父は黙って立っていた。なら、どうすればいい？　そう言っているようだった。

むろん、誰にだって過ちはある。父がこれ以上稼ごうとしないのは、稼げないからだ。稼ごうとするたびに大金が消え借金ばかりが残った。父は怖くなってもう終りにしたかったのだと思う。できることがそれしかない人間の哀しみを理解するには、私はあまりに幼かった。振り返ってみると、おそらくはそうだったと思う。その日のことを思い出す時はいつも、私は自分自身に対して寛容であろうと努める。私の人生のうちの五分……、いや、一分でもあの時黙ってこらえたなら、あんな言葉を吐くことはなかっただろうが、しかし、後悔や反省というものが何の意味も持たないとしたら、あるいは、すでに取り返しがつかないのなら、そんな時にはせめて寛容であること、それが一番の対処法なのだから。

友人が行きたかった旅は私が行きたかった旅だった。どこでもいい。ここから抜け出せるのなら、どんなことでもしただろう。うっとうしい家族、就職難、それに、ただの一度もうまくいったことのない恋愛……。もしも私が男だったら、父のように船に乗ったかもしれない。遠い遠い南極の海。自分が置き去りにしたさまざまなことの今までの自分とは何もかもが違う港、そしてそこにいるたくさんのエレナたち……。紫色の花を咲かせるハカランダの木と、黄色と赤の花を咲かせるラパチョの木と。父はどうして帰ってきたのだろう？

「そこには海しかないわけじゃないぞ。草原もある。だだっ広くてな。四方は地平線があるだけで、視界に入ってくるのは牛ばかりだ。とんでもなく広いから、牛はまばらにしかいないように見えるが、実は数千、数万頭いる。まあ、なにしろ、人よりも牛の数の方が多い国だからね。港に停泊している時には、知り合いの牧場へ遊びに行ったが、そこにはおれがエレナと名付けた牛もいた。そいつが、どうすればあんなにもまるまると肥ることができたのか、いやあ、あれは圧巻だった、乳が一度ぶるると揺れると、大地も揺れるようだった。しかしまあ、何にしろ揺れるってのはいいもんだ。船に乗ったことのあるヤツならみな知ってる。揺れずにはいられないってことを知ってるんだ。船から降りて港に一歩踏み出すと船酔いしはじめるんだ。今まで揺れを感じていた足が、突如揺れない地面に置かれて堪えられなくなるんだ。だから船乗りたちは体を揺らしながら歩くんだ。それを見た人たちはみんな腹をかかえて笑う。エレナ、彼女の話をしないとな。彼女は牛だったたっけかな、それとも人間だったたっけかな？　記憶が曖昧だな。とにかく、ものすごく肥った女だったことは確かだ。そいつに乗っかるとゆさゆさ揺れてね。あれには感動したね。ほんとうにいい女だったよ。好きなだけ、いくらでも乗せてくれた。望めば死ぬまで乗せてくれたに違いない。彼女、自分の娘にもエレナという名を付けた。そう。その国では母親の名前、さらにはばあさんの名前まで引き継ぐんだ。だから、あちこちエレナだらけだ。仕方ないさ。あの子たちはおれが面倒見てやれるわけでもなし。だから、名前もあちら流。まあ、そうなるのも仕方ない。どのみち戻らなければいけない身だってんだから。粗野でがさつな船乗りのおれでもそのぐらいはわかる。帰らなきゃ。帰って、嬶《かかあ》と子どもらと仲よく暮らさなきゃ。そりゃあ、すまない気持ちでいっぱいだったよ。あたりまえだ。港って所はだな、どうにもならない切なさを抱えたヤツやら、償っても償いきれないすまなさのせいで揺れずにはいられないやつらばかりだ。誰の子であろうと、小さな子を見れば手当たり次第に抱き上げ、酒臭い息をその幼い耳たぶに吐きかけては泣く。あれはまったくみっともないもんだね。そうやって泣きながらこう言う。ごめん、本当にごめんよ……人間で、ごめん……。おかしいか？　おれの話がおかしいって？　まあな、冗談なら少しはいけるしな。ところで、生きているものはみな、同時に生きている他のものたちに対してすまなさを感じながら生きている、そうじゃないかね？　どうだ、おれの冗談も捨てたもんでもあるまい。冗談ってのは、言葉遊びやおどけてみせるばかりじゃない。ちょっとばかりほろりとさせるところがあってこそ真の冗談と言える。ちがうか？」

〈私の父はパク・ミンスといいます。一九六一年生まれ。祖父はパク・ドリといい、南の海で生まれたのだそうです〉

たどたどしいハングルで書かれた手紙をさらにデジタルカメラで撮影した添付ファイルが、友人のEメールとともに送られてきた。今度はその写真を見ながら笑うことはなかった。もしも、友人が訊ね返してくれたなら、その時私は先に言った言葉を取り消したいのだけどと言えるだろうか。その友人には特定の恋人がいなかった。彼はいい人ではあるのだが、仲間たちには、少々煩わしい存在と思われていた。好奇心旺盛で人のことをあれこれ知りたがるし、おしゃべりだし、親切すぎてむしろうるさく感じるほどのおせっかいだからだった。彼が席をはずすと、誰かが必ず彼に対する不満を口にした。彼って、どうしてああなのかしら？　旅行に行く前の彼に私がエレナの話をしたのは、決して彼のその親切さに期待してのことではなかった。彼が行こうとしている国々の話を聞いているうちに、私もそれらの国について何か話すことはないかと、そう考えただけだった。彼に特定の恋人がおらず、よって彼のメールを受け取ってくれる人もいないのだということまでは考え及ばなかった。その時私が思っていたのはただ一つ、彼が羨ましいということだけだった。退職金をすっかりはたいて旅行に行けるということだけでも羨ましいのに、そんな旅行を思い描いてしまえる彼が羨ましかった。成し遂げたい何かがある彼にひきかえ私はと言えば……、できることがないならまだしも、もしかして、そもそもやりたいことさえないのではないか、そう思えてくるのだった。できないからやりたくないのか、やりたくないからできないのか、どっちなのかはわからないが、ともかく、その両方が私の中で共存していた。

パク・ミンスは私の父ではなかった。父は一九六一年生まれではないし、祖父の名前は覚えていないが、故郷が南方でないことは確かだ。それに、私に手紙を書いて送ってくれた女の子の名前はエレナではなく、soonhee となっていた。アルファベットで記されたその名前から判断すると、おそらくスニなのだろう。友人はなぜエレナとは違う名前の女の子の手紙を写真に撮って送って寄こしたのか。そう。あれは友人と一緒に弘大前で薄焼きピザと生ビールを飲んだ日のことだった。車なのでちょっと酔いを醒まそうということになり、カラオケ店へ入った。彼ってどうしてそうなの？　と言われ続けてきた友人だが、その日も同じで、おせっかいなほど親切だった。あ、ほら、ここにエレナって曲があるよ。友人から手渡された楽曲リストブックに目をやると、確かにそういうタイトルの歌があるのだった。知っている歌ではなかったから、友人も私も画面に出てくる歌詞をひたすら眺めていた。ある夜、映画館脇のキャバレーでスニを見たという噂を耳にした……そういう文句で歌は始まり、名前までエレナという名に変わってしまったスニ、という歌詞で終わっていた。夜なべして糸を巻いていたあのスニが、紅色チマはいてたあのスニが、とうとう名前までエレナという名に変わってしまった、ああ、スニよ……。その歌のタイトルは、「エレナになったスニ」というのだった。

エレナではなくスニが書いた手紙を撮影した写真ファイルには、エレナ何番というファイル名がついていなかった。ここまでくれば、どんなに配慮のない彼であっても、度が過ぎるということについて一度考えてみないわけにはいかなかったのだろう。ファイルには「無題」というタイトルが付けられていた。

しかし、幸いにして私の名前はスニではなかった。私の名前は、所望するという意味のソマン、ユン・ソマンだ。父は何を思って私にこんな大げさな名前をつけたのだろう。この先、娘の青春が、父親世代の青春とは違い、望むことすらできないほどみじめな人生になるということをすでに知っていたのだろうか。あるいは、そうなることが父の望みだったのだろうか。望むことが一つもない人生への望み。それほどまでに疲れ果て、けれどもいたずらに悩むこともなく、誰に対してもすまなさを感じなくともよい、そんな人生を……。

両親が考えたのとは違い、私や私の友人たちの望みは、自分たちの人生が飛び抜けて華やかになることでも、大成功を遂げることでもなかった。私たち、なんて言うと語弊があるかもしれないけれど、少なくとも私は、別段変わったことが起こってくれなければいいと、自らの人生に望むのはそれだけだった。絶対に当たると思って宝くじを買う人はいない。自分以外の誰かに当たるのだろうが、その当たった人が自分が知っている誰かでなければいい、そう願うだけだ。たかだか、望みなんてその程度のものなのだ。必ず誰かに当たることはわかっているが、同時にその誰かが私ではないこともわかっている。特別に記憶しておきたいほど良いことが起こるなんて、ほとんど奇跡を待つに等しかったが、悪いことが起こりそうになるのはいつものことだった。両親に内緒で作ったクレジットカードのローンの支払いが滞り、債務不履行者になってしまったために堅実な会社に就職しようにもできなくなってしまうだとか、ぱっとしなさでは私に引けをとらないように思われる恋人にふられるとか、両親が突然破産するとか……どうか、自分の人生にそんなことが起こりませんように、そう思っていた。そんなことが起こらないでいてくれたなら、少なくともこの家で暮らしていける、そう思った。私たちにとって、家族とはそういうものだった。家とはつまり……、猶予期間……、その間、その中にいれば、どこか遠くへ長いこと行ってしまうこともなく、名前を変えなければならないことも、体を売らなければならないような事態も起こらない、そういう場所。退職金を全部はたいて旅立っていったあの友人にとってもそれは同じだろう。彼には両親の持つ家があるのだし、その両親は息子が再就職できるまでの間、十分に暮らしていけるだけの経済力があるのだから。もしかしたらその経済力はもっと長く、死ぬまで維持できるほどあるのかもしれない。でなければどうして退職金がたんまりもらえる会社をあえて辞めようなどと思うだろうか。そして、いずれにせよ、彼は戻ってくる、それは確かだ。

私にしてもそれは同じことだ。一カ月間閉じこもっていた部屋から、まったく外に出ないわけにはいかず、外に出てクラブで思いきり踊っても、どうしたってクラブが閉店になる前には店を出なければならないのだった。酔いが次第に頭痛に変わっていく明け方、私たちの最終目的地は、右へ行こうが左へ行こうが、結局は家でしかないのだった。

そんなある日の明け方、ベランダに出て煙草を吸っている父を見かけたことがあった。糖尿の上に高血圧でもあったから、医者に煙草は厳禁と言われていたにもかかわらず、父は時々煙草を吸った。その時住んでいたのはマンションの低い階だったから、煙草の赤く燃える火が灯ってベランダの窓の隙間から煙が吐き出されてくる、その一連の動きが全部見えた。煙草の先の赤く燃える火の色が、遠い海に揺れる灯りのようだとその時私は思ったのだった。ゆらりゆらり、行き惑う人生の灯が、赤くちかちかと点滅していた。

これは友人も知っているのだが、父は友人が旅行に行く数カ月前に亡くなった。血圧のせいで倒れたのが少しばかり急な気はしたものの、長いこと患っていたことを考えれば、唐突とまではいえなかった。ほとんど連絡もせずにいた母親に電話をすると、母は、声を殺して泣いた。母は再婚し、暴力をふるうことのない夫と暮らしていた。今度は殴られることはなかったが、自分が生んだのではない子どもたちの世話に一瞬たりとも休まることのない生活を送っていた。母は葬儀には来たけれど、長居はしなかった。父はあれこれ職を転々としたから、その分友人の数も多く、葬儀場は騒がしかった。遠洋漁船に乗っていた頃の友人たちと魚市場に出ていた頃の友人たちが集まると、魚の話で盛り上がった。マグロやイカ、それにサンマやイイダコの話まで飛び出した。

帆船にだって乗ったんだから、ヨルダン川を渡るのなんて大したことないさ。そう言ったのは、父と一緒に最後の事業をして失敗した友人だった。彼は父と一緒に遠洋漁船に乗ったこともある人だった。話に尾ひれをつけて何倍にもふくらませて話す人で、遠洋漁船に乗ることになった事情というのが話すたびに違っていた。ある時は、激しく痛めつけた人からの報復を避けるために船に乗ったのだと言い、またある時は密航船だと思って乗ったら漁船だったとも言い、また別の時には韓国の政治にうんざりし、そういう醜悪さから逃れるために船に乗ったのだと言ったりした。葬式では酒を飲みすぎて、彼がトイレに行こうと席を立つたびに、誰かが付き添ってやらなければならないほどだった。彼はまっすぐ歩くことができず、横歩きでトイレに行った。

突然、笑い出しそうになり、私は下を向いた。私が子どもだった頃のある日の父の姿を思い出したからだった。あれは確か、秋の運動会のときだったたと思う。父は障害物競走に出たのだが、まっすぐに走ることができず、斜めになって走る姿が見ている人たちの笑いを誘った。斜めに走る父は、別のコースを走る人たちとぶつかり合い、そうこうしているうちに競技はめちゃくちゃになった。見ている人たちが腹をかかえて笑っている間に、一等の座は父が奪った。自分の父親が一等になることを期待していた子どもたちは泣きわめき、大人たちはそれをなだめながらも笑い続けた。一等賞を手にした父が、明るく笑って私を見ていた。父は生まれつき左右の足の長さが違っている。歩く姿を見てもわからないが、走るとそれがはっきりわかった。父が船に乗ったのは、もしかしたら他の人とは違うその足のせいかもしれなかった。ゆらゆら揺れる船の上では長さの違うその両足で父はしっかりとバランスをとれていたのだろうから。

父親たちばかりが集まるのは、父の葬式なのだから当たり前といえば当たり前だが、運動会や卒業式などの行事があった子ども時代が過ぎて以降は、こうやって大勢の父親が集まった場というのを見たことがなかった。父親たちはみな年をとっていて、障害物競走などには二度と出られそうもない人ばかりに思われた。彼らはひたすら酒盃を傾けては自らの歩んできた人生のひとこま、ひとこまに思いを巡らせていた。父は仲間の中でも早くこの世を後にした方に入るのだったから、斜めになりながらのあの走りでも、他のだれよりも先に終着点に辿り着けるに違いない。

　酒を飲みすぎた父の友人がとうとう倒れ込み、葬式は一時、騒然となった。倒れたのは運悪くも私の前で、私が彼に付き添って立たせてやらなければならなかった。彼がすまないと言い、私は心配ないと言った。心配なさらないでください。こうして元気に生きていらっしゃるのですから。こんなに長く生きてらっしゃるのですから。それがどんなにすばらしいことか。だから、大丈夫。ご安心ください。尊敬という言葉を口にしないからといって、尊敬する気持ちがないわけではありません。さあ、一杯どうぞ。私がお注ぎしましょう。

　父は死ぬ間際に何も言わなかった。まだ意識がはっきりしている頃、父は私に家屋の権利証書と通帳を渡してくれた。それが、父が私に最後にしてくれたことだった。通帳の残高はあまりに少なく、一カ月の生活費になるかどうかという額だったが、たとえ坪数は少なくとも、権利証書は財産だった。私の歳でこんな〈退職金〉をもらえる人などめったにいないだろうから、ここは友人たちみんなから羨ましがられるべきところだ。

　友人が旅先から送ってくれた写真、父親のパク・ミンスを探しているという手紙を撮影したあの写真も、私は前と同じようにプリントして壁に貼り付けた。その写真を眺めながら、私の父がパク・ミンスでなかったことは良かったのか悪かったのかとしばし考えてみた。しかしすぐに無意味な考えであることに気づいた。私はこの先、とんがり屋根のある城を想像することもないだろうし、存在するかどうかもわからないアルプスの草原に思いをはせることもないだろう。寂しいのはそのせいだろうか……。考えても仕方のないことだ。しばらくして、私は居間から父の遺影を持ってくると、その手紙の写真の隣に貼りつけた。貼りつけてみると、まったくもって冗談のような気がしてきた。世界のあちこちに散在する〈エレナ〉たちの中に、父もまたそこにいるのが当たり前だというように、一人の〈エレナ〉としてこちらに笑いかけているではないか。何枚ものそれらの写真の中で、雌なのか雄なのかわからない犬を除けば、男性は父一人だった。しかし、牛にもエレナという名前をつけたほどの父だから、自分自身にもそうやってエレナとか何とかいう名前をつけたかもしれない。自分は冗談のわかる男だと信じて疑わなかった父のことだから。

さよなら、お父さん《アッパ》……

久しく呼んだことのなかった呼び方で、私は父に呼びかけた。すると、思わず涙が出そうになった。こらえられる。せいぜい五分……、たった五分、黙ってこらえればいいのだ。大丈夫だから、心配しないで、アッパ。私はもう一度、そう呼んでみた。父が私に謝りもせずに死んでしまったことを、許そうと思う。もし父が私に謝っていたら、同じように私も謝るだろう。ごめんなさいと。たとえ口に出してそう言わなくても、すまないと思っていないわけではないのだと、謝っても謝りきれないほどすまないと思っていると。父に当て付けるように、私自身の人生についてもこう言うことができる。ごめんね、こんなみじめな人生で……。家の権利証書があって良かった。私はその権利証書に対してもすまない気がして、五分間、歯を食いしばって耐えた。壁に掛けられた時計の秒針が、何人ものエレナたちの間でかちかちいいながらせわしなく動いていた。五分というその時間は、私の人生のように短くもあり、短くなかった父の人生のように長くもあった。私の人生の中の五分。それはもしかしたら、父が私に残してくれた最後の挨拶なのかもしれなかった。

息——悪夢

それはとても古い絵だった。彼の記憶が正しければ、彼がその絵を描いたのは、もう二十年も前のことになる。その頃彼の母はまだ二十代だったはずだ。ところがそこに描かれているその母の顔には、小じわがあり、白髪も見えた。母という存在は当然そうでなければならないと考えていたからなのだろう。二十年も前のことだから、当然他の子たちの母親もみな若かったが、彼の母親はその中でも特に若かった。絵のタイトルは、シンプルでそっけない。ただの「母」である。もしかしたら、母の日を記念した写生大会で描いた絵かもしれない。絵の中の母は椅子に座っていた。手すりも何もない、学校の教室にあるような木製の椅子に、母は膝に手を置き、ただ座っているだけ。机と机の間を行ったり来たりしながら、子どもたちの描く絵を眺めていた教師は、彼のところまで来るとにっこりした。「お母さんは何をしているのかな?」クレパスで厚く重ね塗りすることに集中していた幼い彼はこう答えた。「何もしていません」

母は死んだ。黄色く色褪せた画用紙の上の母の顔は、それでなくても粗末に描かれている上に、さらにクレパスで厚ぼったく塗られたものだから、今や何が何だかわからないほどに崩れ、ぼうっとした色だけになってそこにあった。画用紙の色だけでなく、クレパスの色も退色していて、そんなに褪せた色をまとった母は、ますます死を感じさせた。

母が思いがけない事故で命を落とすと、父は引越しをすることに決めた。この先、できることなら一分、いや、一秒でも、妻との思い出が残されている家に住んでいたくなかったからだ。

家を不動産屋に売りに出してしまうと、まだ引っ越し先を探し始めてもいないというのに、父は荷物をまとめ始めた。その家は父と母が結婚したときから住んでいた家で、そこで子どもたちが次々と生まれたのだから、いたるところ物だらけになるのも無理はない。隅っこに挟まっていた物や隠れていた物が膨大に出てきて、しまいには積んでおく場所がなくなってしまうほどになった。こんなたくさんの物に占拠された家で、この家の住人たちは、いったいどこで眠り、どこでテレビを観、どこで食事をしていたというのだろう？　最初は板の間の隅に積んでおいた荷物が少しずつ庭へ出されたのだが、やがて家の外に捨てられ始めた。脚が不安定でぐらつく椅子は、まったく座れないわけではなかったが、椅子に座る家族が一人減ったわけだから、捨てずにとっておく理由はない。洗濯板と砧《きぬた》は、この先それを使う人もいないだろうという理由で捨てられ、中の綿が固まってしまった綿布団も、同じ理由で捨てられた。それでも家の中の物が減らないとわかった父は、もっと徹底的に捨てるものを探し始めた。母の葬式が終わってしまってからは、どんな客も、この先もてなす必要もないからと大きなテーブルも処分され、使ってくれる人を失った台所のこまごまとした生活雑貨も、塗料の剝げたテーブルも捨てられた。母がいてこその部屋に、一人でソファに座ったり寝そべったりしてテレビを観ることもなさそうだったから、古いソファも捨てられた。すると、観るための家具がなくなったテレビも、いらないと思えてきた。

家の中は急速に片付いていったが、家を買いたいと言ってくる人はおろか、家を下見にくる人すらいなかった。父は、一度は庭に出した椅子をまた居間に戻し、それに座って正門を眺めていた。使えそうな物はすでに持って行かれてしまっており、真っ先に捨てられた不安定なその椅子だけが残っていた。父は手すりもない固い木製の椅子に座り、一日中正門ばかり見ていた。だが、一日が過ぎ、二日も過ぎ、やがて季節が変わっても、家を見にくる人は現れなかった。

絵は、父が捨てた櫃《ひつ》の中に入っていた。屋根裏で見つけた櫃には、子どもだった頃のがらくたの何から何までが入っていた。腕の片方がなくなったロボット人形、めんこ、おもちゃのナイフ、小学校一年一学期の宿題ノート、成績表、賞状、写真、そして、くるくる丸められて輪ゴムで止めてあった、例の絵……。彼はその絵を見つめながらふと、父の方へ目をやった。一つだけ残ったその椅子に座っている父の姿が、その絵の中の母の姿にあまりにもそっくりに思えた。彼が櫃の中の物を一つひとつ吟味しているうちにその古ぼけた櫃は、肋骨が折れるようにがらがらと壊れてしまった。彼は散乱したそれらの屑を、靴を履いた足を箒にし、ずりずりと一つところに集めた。櫃の中に入っていたときは宝物に見えた物たちは、汚れたバスケットシューズに引きずられ、さらには踏みつけられて、何でもないただの物になってしまった。

かつて母が大事にし、後に父によって捨てられてしまった物の中で一番多かったのは、兄たちにまつわるものだった。それらは、それまでの時間を閉じ込めた、思い出の品々だった。彼と一歳違いの双子の兄たちは、二人してアメリカに行ってしまい、二人とも未だに帰ってこない。彼らがアメリカに移住するという伯父にくっついて発ってしまった日から、気がついてみると二十年以上が過ぎてしまっていた。それは、彼らがまだ小学生にもならないうちのことだった。

出国するというその日、鼻筋に寄せたしわまでもが左右対称の、同じ顔した双子たちは、騒がしくわめきたてながら空港の待合室を走り回っていた。父は我慢しようとしていたが、とうとう頭に血がのぼり、双子たちの襟首をつかむと、一人は左側の頬、もう一人は右側の頬というように、殴り飛ばした。そばで見ていた人たちが悲鳴をあげるくらい強くはりとばされたというのに、宙吊りにされた子どもたちは、「わーい」と言いながら、笑い声をあげていた。

双子は、戸籍の上では伯父の息子となっていた。双子が生まれた時は、父が兵役忌避者になってからもう八年にもなっていた。自首して軍隊に行かない限り、彼が合法的にできることなど一つもなかった。ところが、この世の中には、法と常識に則ったことより、そうでないことの方がはるかに多い。彼は女を作って同居し、子どもを作った。こういうことの中には、どれ一つとして法の許可は必要なかったが、子を生むのは別だ。

子を持つつもりはなかった、父は後日そう言った。婚姻届も出さず、二人とも無職で、することといえば夜から次の日の夜まで、肌を交えることだけという未成熟な夫婦ではあったが、だからといって、腹がふくらむのがどういうことかを知らないほど無知だったわけではない。ただ、そうなる時期があまりに早かっただけだ。大変なことになったと思っているうちに女の腹はみるみるふくれ、そいつらをどうするか結論を下す前に、腹の中の子が一人ではなく二人だとわかった。そいつではなくてそいつらと言うのは、そういうわけだ。開いた口をふさぐ暇もなく、女の下腹部が開き、五分と置かずにぽこ、ぽこ、と、血だらけの二つの肉塊が勢いよくこの世に生まれ出た。つまり、〈そいつら〉双子は、子宮の中で耐えて忍ばなければならぬ胎児という存在の不安を、何かに向かって激しく抗議するように、それこそ広くとどろきわたるような声で泣いて表現してみせた、言うなればそれはそういうことだった。

子どもなど持つつもりのなかった父は、当然結婚するつもりもなかっただろう。だが、双子が生まれて一年もしないうちに、再び女の腹がふくらみ始めると、父はついに諦めるべき時が来たと悟った。父の見るところ、母は再生産能力のものすごく高い女性だった。もしもその女性がぽこぽこ生み続けたら、一ダースにもなる子どもたちを引き連れて、憲兵らの追跡から逃げ回らなければならないかもしれない。父はどうしてそんな屈託のない想像をしたのだろう。一ダースにもなる子どもたちを、まるで疫病神のように抱えこむぐらいならもっとはるかに簡単な方法があったろうに。父には極端な想像をする癖があり、思えば子どもを生んだのも、その子どもたちをどうすることもできなくて伯父に預けてしまったのも、そしてこうしたことすべての発端である兵役忌避者になったことも、突き詰めて考えてみれば父のそういう性格のせいだった。人生の決定的な瞬間が訪れるたびに、彼は恐怖という感情に打ちのめされる。そのたびに彼は逃げ回ったが、結局はまた元いた場所に戻るしかない。ついには入隊して軍務をこなしながら父は、これからはもう前のように長いこと何かから逃げ回ることはできないだろうと予感めいたことを感じていた。

子の父親になること、あるいは、ある女性の夫になること、それよりもっと我慢ならなかったのは、軍隊に行くことだったと、のちに父は語ってくれた。彼は愛国者になるつもりもなかったし、国家のために何かしなければならないという考えの持ち主でもない。国家に何かしてもらったことなどないのだから、要求に応える必要もないと思っていた。彼は負い目も持たず生きてきたし、これから先もそうやって生きていきたい、そう思っているだけだった。当然ながら、彼は英雄とか偉人、天才、そういったものになりたいとは少しも思っていなかった。

彼の軍隊生活は、一切の誇張抜きに、むごいという一言だった。彼が自首して入隊したちょうどその時クーデターが起こり、政権が交代した。軍隊は常に非常事態だった。原因不明の疲労と、抑えきれない苛立ちと、やり場のない怒りに煩わされていた古参兵たちは、この遅れてきた新参者にはけ口を求めた。ある時は年嵩だという理由でぶん殴られ、またある時は学生と誤認されて殴られ、やがて兵役忌避者だったということが発覚するとまた殴られた。そうして後は理由なしにただ殴られた。入隊してからというもの、ほとんど殴られ通しで、練兵場《れんぺいじょう》を走り回り、裸にされて直立不動の姿で夜を明かすのだった。足の一本一本が凍傷にかかり、爪ははがれ、睾丸のあたりは傷だらけだった。

父は元来、内向的な性格だった。何かしゃべらないといけない場面に立たされると、頭が割れそうに痛くなるだけでなく頬も紅潮した。難しいことを言わなければならない時は、心臓が外に飛び出すかと思うほど高鳴っているのがわかったし、足もがくがく震えだす。それは学校にいても軍隊にいても同じで、彼はいつも言葉を発することさえ苦痛だった。言葉を発することから逃れられるなら、彼はどんなことでもするかもしれないが、実際にはどうしてもしゃべらなければならないことはあるわけで、そんな時には黙っているわけにもいかず言葉を発するのだが、すると決まって過酷な災難に見舞われるのだった。軍隊の古参兵たちは、いつも彼に答えを求めた。そのたびに彼は頭が割れるように痛くなり、頬は熟れたように赤くなった。その質問というのもまったく意味のないもので、どう答えようが結局結果は同じことになるのだろうが、たとえそうだとわかっていても彼は何らかの言葉を発しなければならなかった。彼が足をがくがく震わせながら何を言おうか考えている間に、最初の殴打が始まる。彼は急遽、頭をフル回転させて言うべき言葉を探し始める。そうする間に、二回目の殴打が、さらに三回目……と続く。言葉は思考に置き換えられ、思考は言葉にするタイミングを次第に奪い去ってしまう悪循環が続いた。やがて父はとうとうその思考ループの中に完全に入りこんでしまい、そこから二度と出てこようとはしなくなってしまった。彼は思考のループの中でずっと考え続けた。思考は、考えれば考えるほど誇張されていき、喜びになったり悲しみになったりした。

父はアルコールをほとんど飲まなかったが、たまに暴飲することがあり、そんな時は頭で考えたことがぽろりと出てきたりすることもある。ある日、夕食の食材を買って帰ってきた母は、父が水を張った洗面器を食卓にのせ、その中に顔を埋めているのを見た。食卓の上には焼酎の瓶がころがっており、父は全身水をかぶっていた。父が魚になってしまったのだと、母は瞬間的に見てとった。母は家の中を片付けて夕食を作り、洗濯物をたたみ、茶の間に灯りがともる時間になるまで、父をそのままにしておいた。寝にいく時間になってやっと、母は父のそばに近寄ると、静かにこう言った。

「ほらほら、鮫《サメ》のお出ましだよ」

父は洗面器から顔を上げると、かっとなって怒鳴り散らした。

「ばかめが。淡水に鮫が住めると思うか?」

そうやって声に出してみると、言葉を発しているのだから、父は自分が魚ではないと気づかないわけにいかなくなった。魚から人間に戻った父は、急にぐったりし疲れた表情になった。疲労困憊した彼はただ眠りたい。眠るためには嫌でも寝床へ行くしかなかった。

母は父と一緒に湖に釣りに行き、そこで事故に遭った。湖の釣り場まで近道を行こうとすると、水路を遮る崖の上を歩かなければならなかったが、釣り道具をかついで前を行く父の後姿を追いながら母は、めまいがする、と言ったのだそうだ。無骨で不器用な父は、母に手を貸してやれなかった。その日、父が香魚《ヒャンオ》一匹釣り上げた時、父の隣に母はいなかった。父が釣りをしている間、母が一人であちこち散歩して見て回るなんていうことは、よくあることだった。釣針は、香魚の口を貫通し、頬の外に飛び出していた。口を裂くことなくきれいに針を抜こうとして、父はその針に指を刺された。厳密にはそれと同時にではなかったかもしれず、ただの偶然だったかもしれないけれど、母はその時、崖の下にいた。母は崖から転落したのだった。肋骨にひびが入り、足を骨折するという重傷を負った。脊椎と脳に損傷があるとわかったのは、精密検査の後だった。かなり高さのある崖だったということはあるにしても、怪我は通常では考えられないほど重傷だった。父が後日、その釣り場を訪ねた時のこと。しばらくその崖に立って見下ろしながら、その日の母の事故を思い返していた。すると、背後から正体不明の巨大な物体がものすごい力で押し寄せてくるような感覚に見舞われたと言う。その時、彼がめまいを起こしていたら、彼もまた妻と同じように、肋骨にひびが入り、足を骨折し、下手をすると内臓が破裂するほどの怪我を負ったかもしれない。

母がもう命いくばくもないとわかった時、父の記憶は嫌でも遠い昔へ、入隊を決意したあの当時へと引き戻された。人生における重要度の高いものの一つを放棄しなければならない時のあの孤独と絶望を、彼は再び味わわなければならなかった。それは未知の世界に突然放り出されたようであり、心の奥底から砂嵐が吹く音が聞こえるようでもあった。もしそんなことができるなら、彼は自分の心臓の中に手を入れ、肩が隠れるほど深く入り、しまいには顔まで埋め、その中に堆積した砂の中に永遠に隠れてしまいたかったのではないだろうか。

人生は、左右ぴったり一致する貸借対照表のように進むものではないことを彼は知っていた。何かとてつもなく大きな物を失ったとしても、補償されたり補填されたりすることはなく、ただそこに大きく開いた穴が残るだけだ。だとすれば人生は、命がけで守り抜くことと未練残さず捨て去ること、この二つしかないのだと彼は考えていた。それでもどちらからも逃れたいと思う瞬間というのは生じるものだ。八年も頑なに拒んだというのに、軍隊行きに応じてしまった、遠いあの日のように。

彼は父から母の秘密を聞いた。それは、母が息を引き取る間際のことだった。お母さんが逝ってしまう前に、和解しなさい。父はそう言った。そうするべきだ。君の本心は違うかもしれないが、心にわだかまっているものは何もない、すでに許している、そう伝えるのがいいと思う。ありがたいことに、言葉というものがある。それをうまく使うべきだよ。君の母親にこの世での荷を負わせたまま行かせたくはないんだ。その日、父と彼は病室の脇の方にある長椅子に並んで腰掛けていた。日が暮れ、廊下の照明がともると、彼らの向かい側にある窓に二人の姿が映し出された。そこにはそっくり同じ格好で、両腕をだらりと垂らして座る二人がいて、互いに別の方向を眺めていた。その日、父が話したところによれば、昔、それもかなりの昔、母は誰かを殺そうとしたことがあるということだった。彼は別段驚きもせずに父の話を聞いていた。ここで重要なのは、母が殺人者ではなく殺人未遂者だということだと彼は考えた。その証拠に、世の中のありとあらゆることはほとんどが未遂なのだし、未遂のまま終わることが大半ではないか。彼自身のこれまでを振り返ってみても、誰かを殺したいと思ったことがないとは言えなかった。殺意、憤怒、恥辱――。言ってみればそれらも未遂ということにならないだろうか。母が殺害しようと思った対象が、他でもない彼であったという事実を父の口から聞いた時も、彼は動じなかった。どうであれ、彼は今こうして生きているのだから。

「そんなことがあったなんて、まったく覚えていないけれど」

「お前が生まれて間もなく、生後三週間にもならない頃の話だよ」

その日父は一度も声を震わすことなく話した。生涯、言葉を発することを避け続けてきた父が、息子に重大な事実を打ち明けている間、声は少しも震えなかった。ひょっとしたら父は、この日この事実を言うために、これ以外の言葉に身構え、緊張してきたのではなかったか。父にとって言葉とは、この日のこの言葉だけを意味するのではなかったか。だが、彼は父を信じることができない。時に言葉は刃にもなるのだから。それまでつづいていた命までをずたずたにし、鋭く切り取る刃に。

彼は若い頃の父を覚えている。兵役忌避者だった頃から釣りに夢中で、暇さえあれば一人で夜釣りに出かけた父は、除隊して戻ると、これから釣りは家族と一緒に行くことにしようと心に決めた。父は家族を守るために軍隊に行く決心をしたのだから、家族もそれに見合うような家族でなければならなかった。父はせっかく自分が犠牲になったのだから、その分家族も評価される人間であることを望んだし、当然そうあるべきだと考えていた。ところが、釣り場に到着して間もなく、まだ釣竿を湖に投げ入れてもいないのに、彼は自分の考えが過っていたことに気づかされた。幼い双子たちがあちこち広範囲にわたって走り回り、隣で釣りをしている人の釣り竿を水の中に落っことすわ、魚網をひっくり返すわ、水の中にどぼんと飛び込むわの大騒ぎ。最初はほほえましく双子たちを眺めていた周りの釣り人たちだったが、五分もしないうちにその微笑は舌打ちに変わり、やがて罵る声が聞こえ始めた。これでは父は釣りに集中できるはずがない。にもかかわらず、その日の釣果《ちょうか》は最高だった。釣竿を投げ入れるのを躊躇してしまうほど、魚が群がってきた。双子たちはきりなく悪さをして回り、父はひっきりなしに魚を捕らえ続けた。それら魚の口から釣針を抜くたびに魚の口が無残に裂ける。その魚網の中の血だらけになった魚たちを母が覗き込む。すると母は声を上げて泣き出した。

お母さんはね、あの時、神経が不安定だったんだ、と父が言った。父が軍隊へ行ったのは、双子がまだ一歳にもなっていない時だったから、彼女は大きなお腹をかかえ、一人で二人の子の面倒を見なければならなかった。彼女は寂しさと怖れと不安の中にいた。妊娠期間中ずっと、彼女は深刻な鬱状態にあり、軍隊にいる夫に面会に行っても、泣いてばかりいた。ところが、よりによって戦争中といっても過言ではないような時期に軍隊に行き、足の指はすべて凍傷にかかって爪が剝げ落ち、陰部を傷つけられていた父は、泣いている妻を慰めるどころか、代わりに彼がしたのは、彼女を不衛生なモーテルに押し込み、息を荒らげながらスカートをまくり上げることだった。彼の尻が激しく動けば、彼女の臨月の腹も、薄汚れたその床に垂れ落ちるのではないかと思うほどに大きくたぷんたぷんと揺れ動いた。屈辱的絶頂の瞬間に達するたびに、母は父に向かってふだん口にすることのないような言葉を吐きつけるのだった。母が泣きながら吐いたその言葉に向けて、荒々しく精液が噴き出された。その時代、彼の存在を消してしまいたいほど疎ましく思っていた人間がいたとしたら、それが不安のせいでそう思ったのなら、その人間こそ母ではなくてむしろ父ではなかったか。彼にとってそれはいくら消しても消し去ることのできないことだった。

臨終の瞬間、母はまったく意識がなかった。父が彼に母の秘密を明かす前から、母は意識不明の状態だった。もし母に意識があったなら……、それでも父は母の秘密を彼に明らかにしただろうか。それは誰にもわからない。父が病室の外に守衛のように立っていて、その間彼は母と二人きりになった。枯れ枝みたいに干からびた母の手を握ってみたが、出るのは汗ばかりで、言葉が出てこなかった。「たとえ許す気持になれなくても、幸い言葉というものがある。ただ一言許すと言うだけでいいんだ」父はそう言ったが、それは言葉のレトリックでしかなかった。脂汗がわいてきた。やがて彼は、かぶりを振りながら言った。そんなこと、僕にはできない……。彼の口から、意外な言葉が漏れた。許すことができないという意味ではない。一体何が？　母が彼の手をつかんだ感覚があったのは、その時だった。ほんの短い間だったが、それは驚くほど強い力だったし、何か決定的な意味合いがあるような気もした。まるで、恐ろしく強い力で胸倉をつかまれ、どこか有無を言わさず引きずられて行くような……何かそういった、ぞっとするような恐ろしい力だった。彼は何とも言いようのない恐怖にかられ、瞬間、悲鳴をあげて母の手をぱっと離してしまった。母が逝ったのは、彼が手を離したその瞬間だったのか、あるいはそれより一、二秒早かったのか、彼にはわかりようもない。悲しみよりも恐怖が先に立ち、それから先は母のそばに近寄ることすらできなくなってしまった。

母が死んでから、彼はずっと悪夢を見つづけていた。その夢の中で彼はいつも、今にも殺されるのではないかという危機的状況に立たされていた。彼を殺そうとしているのは、母ではなくて父だった。彼がそう信じているせいでそんな夢を見るのだったか、あるいは母に対する罪の意識のせいでそうなのか、それはわからない。夢の中で母は許されていた。そこでは母は清らかな存在であり、父は残忍な存在だった。双子の兄たちは伯父とともにアメリカに行ったのではなく、父の手で無残に殺されてしまっていた。釣り場のあの崖の上で、母の背を押したのも父だった。そして彼の妹も……。生まれて百日も経たないうちに肺炎にかかって死んだという彼の妹までもが、父によって殺されていた……。すべては夢の中の出来事だ。この世の中のどこにそんな家族がいるものか。この世の中のどこにそんな残忍な〈絆〉があるものか。

母の死後、彼は大丈夫、平気だと口では言っていたが、実のところ、ちっとも平気ではなかった。喪失感はゆっくりと、だいぶ後になってからやってきた。おそらくそれは父も同じだったにちがいない。母の死後、父はたった一つ残った椅子に座り、母が座っていたのとそっくり同じ様子で、ぼうっと座っていた。父がそこでそうして過ごす時間が次第に長くなり、やがて父は一日中でもその椅子に座っているようになった。母の椅子に座り、父は永遠に過去を辿り続けているのだったが、過去へ逆戻りしていく脳とは反対に、体は急速に未来に向かっており、父は短い間に十年も年を取ったかのように見えた。

若い頃、父はとても健康な青年だった。父が八年も引き延ばしてから軍隊へ行った時、古参兵たちがあれほどまでに父につらくあたったのは、父が頑強な体の持ち主だったからだ。そんな健康な体を国のために使おうとせず、義務や苦難や屈辱や苦痛や栄光にも背を向け、ただ女と睦み、子どもらと走り回ることだけに使うのは宝の持ち腐れのようなものではないか、許すわけにはいかないと、古参兵たちは思ったのだった。その健康な肉体が持つ、あふれんばかりの力の漲りを想像しただけでも彼らはたまらなくなるのだった。つまり、嫉妬や怒りや窃視症や残虐性やらがない交ぜになった、言ってみれば煮えたぎる溶融炉のような中で父は、無能・無思考の、ただの肉の塊としての扱いを受けたのだった。そうまでされても、父は自分の体に嫌悪感を抱かなかっただろうか。あるいは、こういうことは考えられないだろうか。つまり、そんな扱いを受けたせいで、かえって自分の体に執着するようになったのだと。面会に来た臨月の母に対してでさえ、自分のものを挿入することにしか関心がなかった父は、自分の子が生まれた後に休暇をもらってせっかく帰ってきても、やはりそのことにしか関心がなかったのだった。彼はエネルギーをそれに使い切り、それができない日は庭にあるバーベルを上下することで発散した。彼は一日のほとんどをバーベルの下で過ごした。収縮と弛緩を繰り返す上腕二頭・三頭筋が、自らの動きによって痛めつけられ、その傷を回復しながらさらに堅固になっていく。脂肪のない彼の体は、そうやって運動するごとにますます筋肉がついていった。体というのは正直なもので、痛めつけられれば傷という形で反応したし、傷になったその場所には、筋肉という美しい襞《ひだ》を残した。父は、鉄の塊であるバーベルが設置してあるベンチに座り、筋肉だけでできているような自らの体を眺め下ろした。これまでに犯した罪と過失、そして負債、それら全てが消えてなくなったとして、その後に残るのは脂肪の落ちた、ストレスに正直な反応を示すこの体だけになるのだろうか。そんなはずはないと、彼は首を横に振った。そうなりたくても、生きている限り、罪や過失や負債は生じるだろうし、永遠に消えてはくれない。だとすれば、うまく生きる方法など、最初からないも同然ということになる。

除隊後、父は、電話局の職員になった。電話線を引く技術職だったが、皮肉なことに、彼がその職を得ることができたのは、軍隊で学んだ技術のおかげだった。軍隊に行く前の彼には、学歴も技術も財産もなく、そんなものを持たない者が必ずといっていいほど持っている反骨精神や粘り強さもなかったし、根拠なしに不安を一蹴してしまえる楽天主義者でもなかった。もしも父が何だかんだといいながら未だ軍隊に行くことから逃げていたら、それこそ父は真人間になる機会を永遠に失ってしまっただろう。

父の仕事は夜間作業が主だったが、真夜中に地下に潜って電話線を引くというのは決して楽な作業ではなかった。電線や配水管、通信線……、ありとあらゆる線が乱脈のようにからまっている地下の坑道を歩いていると、悪臭はするし、腐った水にも触れる、そのうえ肥えたねずみだの虫だのが全身を直撃してくるものだから、仕事をする時に何かを考えることなどできはしない。当時の彼は、心をどこかに置き去りにした人みたいで、まるで抜け殻のようだった。

それにしてもだ。何がどうなったから彼の人生はこうなったというのだろう。彼は二十歳ですでに兵役忌避者だったことを考えれば、人生の早いうちに誰の世話にもならず生きようと決めた、たくさんの夢を抱えた少年だったといえる。しかし、その彼に夢というものがあっただろうか。あったとすればそれは、誰の世話にもならずに生きるというそのことで、それが一番の夢だったのではないだろうか。彼にはこれといってこうなりたいという希望もなかったし、逆にこうはなりたくないという〈希望〉も持っていなかった。彼の妻になった女性のこと一つとってみてもそうだ。こうまで大変な事態に陥ってもいいと思うほど、深くそう望んでそうなったわけではなかったと思う。自分自身でもよくわからないうちにそういう事態になってしまったようだ。彼は毎夜、真っ暗な地下の坑道を歩きながら、不条理だと感じていた。思考力のない、抜け殻のような体で、頭で考えるというよりはむしろ本能で、不条理だと、そうつぶやいていた。

幸いにも、彼に転職の機会が訪れた。彼は電気工事の線路工として再就職し、今度は地下でなく高所で働くことになった。地の底でさえなければどこでもかまわないと思っていたが、今度の仕事はいくらなんでも高所すぎた。彼は、山のてっぺんと渓谷の間にかかった電線にぶら下がり、尻をまくって糞もしたし、食事もすれば叫びもした。今度のこの仕事もまたつらいものだった。それでも、彼は高い所に上るのは好きだったし、高い所から下を見下ろすのも好きだった。風が吹けば高圧線も揺れ、彼の体も空中で揺れた。そんな時に糞をしてみると、糞もまたゆらゆらしながら下へ落ちていくのだった。上から眺め下ろす世界は美しかった。そこにいる時は、不安とも恐怖とも無縁でいられた。ところが、そんな平和な時間はそう長くは続かなかった。電信柱から転落し、足を怪我したのだった。生活するのにさしつかえるほどの怪我ではなかったが、会社では事故補償金を出す代わりに、事務員としての職を提案した。以後、妻が死ぬまでの二十数年間、彼は電気工事会社の営業所に籍を置き、ワイシャツにネクタイ姿で通い続けたのだった。

落ちることとは、彼の家では一種の病と言ってよかった。釣りに行って崖から落ちた母の事故は、唐突に起きた事故のようではあるが、まったく予期せぬことではなかった。人生でこれからという時になるといつも〈墜落〉する父とは違い、母はささいなことですぐにどこかから落っこちるのだった。登山で岩から落ちたこともあれば、工事中だった隣の家の屋上から落ちたこともあった。手すりのない所であれば、どこからでも落ちるのだったが、幸いこの町には、手すりのないような危険な場所は少なかった。母がこんなに頻繁にどこからか落ちるのは、彼女の平衡感覚に問題があるからに違いなかった。事実、彼女の脳には、明らかに問題があった。彼女はちょっとしたことで意識を失った。一分から二分と短い時もあれば、一、三十分と長く無意識状態が続くこともあった。そういう症状が初めて現われた時は、通常では起こりえないようなことが起きたためにびっくりしてしまい、しばし思考停止状態に陥ったりした。それは歩いている途中のこともあれば、台所にいて魚を焼いている時のこともあり、洗面器に水を張り、髪の毛を洗っている最中のこともあった。火事になるかもしれず、母の命に関わるような緊急事態が発生するかもしれなかったにもかかわらず、よほど運が良かったのか、危険な瞬間に至ることなく、うまくすり抜けてきた。同じ症状がいつまでも続くものだから、母も次第にそれに慣れていった。母は、間もなくまたあの状態になるだろうということを数分前に察知できるようになり、察知したと同時に作業を中断して椅子のある場所まで行く。そして椅子に座って手を組み、思考停止状態が訪れるのを待つのだった。慢性喘息患者が、ひどい咳が去って行くのを待つみたいに。彼女は、自分のその持病が、今回もまたおとなしく去っていってくれるようにと、祈るばかりであった。

あの時からだよ。父はそう言った。つまり、母が息子である彼を殺そうとしたその瞬間からだと。母は、覚えておきたくないことを覚えておくまいとして、全身で抵抗しなければならなかったのだろう。いくら抵抗しても、押し戻す記憶の力の方が強くて、体がばらばらになってしまったのだと思う。記憶と記憶の闘い、その過酷な闘いを体が避けようとすれば、あんな〈休息〉という方法をとるより他なかったのかもしれない。だから母は、不意にどこかから転落し、不意に思考停止状態にならざるを得なかったのだろう。記憶と記憶が闘うさまを、体は少し離れた場所にいて眺めている。しかし、意識が戻った後で激しく痛めつけられるのは、記憶ではなく体の方だった。

母は生涯、職業を持ったことがなかった。だが、母の料理の腕前は大したものだったし、洗濯も完璧にやってのけ、そのうえ、花壇の手入れにも熱心だった。父が釣りの虜になったように、母は花壇に異常なほど執着した。一年中、四季折々、美しい花が小さな花壇に咲き乱れた。その小さな花壇には、種々様々な死体が埋められてもいた。家の中で死んだ生き物——虫や野良猫、父が釣りで捕まえた魚——のすべてが、そこに埋められた。精神的に不安定な母を常に心配していた父は、母を怒鳴りつけることも母に腹を立てることもほとんどなかったが、花壇に何かを埋葬することに関してだけは、かんかんになって怒るのだった。父は文字通り怒り狂い、そうなると家出して何日も帰ってこないなんていうことも、たまにあった。しかし、だからといって花壇に埋められた野良猫を掘り出すためにスコップを手に取ったりはしなかった。花はそうとは知らず一段ときれいに咲き乱れているのだったから、父は花の下に埋められた野良猫や虫や魚たちを忘れるより他に方法がないのだった。

母の死後、父は急速に病み、老いていった。体のあちこちに潜伏していた病原菌が、まるでその時を待っていたとでもいうように、一斉にあばれ出したように見えた。父は、糖尿病と心臓疾患と高血圧症を同時に発症し、全身に腫れものができ、そこから漿液《しょうえき》が出た。母が生きていたら、父がこんなやつれた姿になることも、こんなに早く年老いてしまうこともなかっただろう。もしそうなったとしても、母は父の面倒をよく見てやっただろうと思う。だがその母はこの世におらず、父は今一人だ。父は一日中、たった一つ残ったあの椅子に座っており、誰かが彼を移動させてやらないかぎり、何日でもその椅子に座っていた。運動であんなに鍛えた体も、今は痩せ衰えて弾力を失い、下腹などは空気の抜けたサッカーボールさながら、太腿の上にだらりと垂れ下がっていた。この父に残されたたった一人の息子である彼が時々来ては、父をおぶって部屋へ移動させ、時が来るとまた父をおぶって椅子に座らせる。彼がするのはそれだけだ。彼にしても、それが精一杯でそれ以上何ができるというのだろう。

家はそれから数年経っても売れず、父は食い入るように正門脇の花壇を見つめるのだったが、花は枯れて一輪もなく、今やゴミ屑が地表を覆っているばかりだった。家具や荷物をすべて外に出してしまってがらんどうになった家には、埃が舞い、虫がうじゃうじゃ這っていた。父はごくまれに口を開き、こう言った。「すべてはあの時からだった」と。彼は、父がひたすら一つのことを考え続けているのだということはわかったが、何年間も父が考え続けている内容については、さっぱり見当もつかなかった。ひょっとして、父にも許しを乞わなければならない事柄があるのだろうか。たとえそうだとしても、父のその許しを乞う相手というのは他人ではないだろうと容易に推測できる。父は過酷な道を歩んできたのだったし、自分が望まないことを耐え抜いてきたという点では賞賛の言葉をいくら積み上げても足りないほどすばらしい。であるなら、許しを乞わなければならない相手がいるとすれば、それは父が耐え抜いてきた自分自身の人生に対してということになるのではないだろうか。同時に、もしもそういうものが実際に存在するのなら、人生の尊厳というものについても、父は許しを乞わなければならなくなる。病に侵された体は、生きる気力を失い、ただ生かされていた。ただ生きているだけの生命体にあるのは、腐敗していく道のりと吐き気をもよおすような臭い、そして漿液と膿、それだけだった。生命体というその残忍な〈服〉の内側で、思考が腐敗しないわけがない。彼は確信を持ってそう信じていた。彼が耐えられなかったのは、臭いを発する父の体ではなく、その肉体の内側にあって共に漿液を流しながら臭いを放っている思考の方だった。彼は父がその思考から解放される日が来ることを切に願った。

彼の口から長いため息がもれた。父が彼に母の秘密を明かしたのは、もしかしたらある決定的な瞬間のための暗示ではなかったか。母が子を殺すことがあるように、子も父を殺すことがあるのだと。怖がらなくともよい、理由なんてただ一つ、不安がそうさせるのだと。許されない不安など、この世には存在しないのだと……。

彼は父を背負った。唾液で濡れた父の上着のせいで背中が冷たい。彼は父を部屋に連れていき、床の上に寝かせると、箪笥を開けて毛布を取り出した。父が静かに目を閉じた。彼は毛布を父のあごの下まで引き上げ、風が入り込む隙間がないように密着させて掛けてやった。その拍子に父は目覚め、彼の目と合った。何か言いたそうな目だ。彼は忍耐強く父の言葉をしばらく待ち続けた。父の口が開き、今にも消え入りそうな声がそこからもれ出た。

「すべてはあの時からだった」

別段、意味のある言葉ではなかった。彼は毛布を引き上げると、今度は目までかぶせた。息をするたびに毛布が上下した。彼は毛布の上にそっと手を置くなり、力を加え始めた。毛布の中から父の言葉が聞こえ出した。

「どのみち、こんなふうになってしまうんだものな。生まれてこない方が良かったのかもな?」

　生涯にわたって言葉と断絶して生きてきた人が、最期の瞬間になって思いのたけをすべてぶちまけようと思っているのだろうか。彼は荒々しく息をしながら、毛布の上から父の顔を押さえつけた。布団の中で体が強い力で動いた。彼は布団の上から揺れ動く父の体に馬乗りになった。上半身が動けない分、足が猛烈に動いてみせている。馬乗りになると彼は、片手で顔を、もう片方の手で足をつかんで押さえつけた。布団の上に汗がぼたぼた落ち、どちらが発したのか判別のつかない激しい息づかいが、吸っては吐きを繰り返していた。激しく登りつめ、そこから急速に落下する乗り物か何かのような息づかいだった。布団の中の激しかった動きは徐々に弱まり、ついに完全に動きを止めた。埃でぼうっとかすんだ部屋の中。いまだおさまらない彼の息づかいだけが、静寂を突き破るように響いていた。

　それからしばらく無音の時が流れた。彼の顔は汗にまみれていた。これですべてが終わったのだろうか。〈あの時〉から始まった、すべてのことが……。ところで、〈あの時〉とはそもそもいつのことか。母が彼を殺そうとした時?　あるいは観念して軍隊へ行ったあの時?　さもなくば、望まない子を授かったあの時か?　しかし、よく考えてみれば、〈あの時〉と名の付きそうな時というのは、結局は人生のすべての瞬間であるといえないだろうか。ある年のある日、食事をしていたある瞬間、道を歩いていたある瞬間、初めて産声を上げたあの瞬間、悲しさと孤独を知ったある瞬間、怖くて思わず拳をにぎった幼い日のある瞬間……。思わず彼の目にも涙があふれた。父には耐え切れぬ恐怖に身を震わせる瞬間があっただろうか。耐え切れぬ絶望に泣き叫んだ時があっただろうか。そして、耐え切れぬほどの喜びと幸福を感じる時や瞬間があっただろうか。彼は片手で涙をぬぐい、もう片方の手で、ぴくりとも動かなくなった体を、毛布の上からそっとなでた。毛布は、生涯のうちで最も激しく闘った後の熱気をそのまま保っていた。彼はそのまだ熱の冷めぬ毛布を、そうっと引きはがしてみた。最後に挨拶をしようと思ってそうしたのではなかった。何かがおかしい、変だ、そう思ったからだった。毛布の中をのぞき込んでいた彼の顔が、みるみる強ばっていき、激しかった息づかいは、しゃっくりする時みたいにぴたりと止まってしまった。毛布の中にあったのは、子どもの死骸だった。それは男の子で、驚くほど彼によく似ていた。

彼は知らぬ間に尻餅をついてしまったようで、気がつくとぺたりと座り込んでいた。部屋のドアの向こうから、ぼそぼそと話す声が聞こえてきた。完全に思考能力を失った顔で振り返った彼がみたのは、椅子から立ち上がる父の姿だった。父はゆっくりと食卓の方へ向かって歩いていた。それからしばらくすると、食卓の椅子に座った父の前に、鍋つかみをはめた手がどこからか近づいてきて、テンジャンチゲ用の鍋《トゥッペギ》を置いた。手は母のものだ。母は鍋つかみをはずすと食卓の片隅に置き、ひたいにかかった乱れ髪をそっとかき上げた。子どもたちがワーと言って走り寄り、食卓にのせられた卵焼きを指でつまみ上げた。母の手が子どもらの手の甲を打つ。双子らの手の甲、そして、女の子の手の甲もあった。そこに彼はいなかった。

それから、千年にも相当するかと思うほどの時間が流れた。彼はたった一つ残った椅子に座っていた。母が生前座っていた椅子で、母がこの世を去った後には父の物となった、あの椅子。そういえば彼は、母が生きていた時も、死んだ後にも、その椅子には一度も座ったことがない。なぜか。彼は実際には存在しておらず、魂だけの存在だからか。彼は一人、けたたましい笑い声をあげた。彼は幻想の世界にいて、意識だけの存在になった。かつては母の、母の死後には父のものとなったその椅子に座り、彼は自分がこれまでどうやって生きてきたのかを考えるべきか、あるいは、どうやって死んだのかを考えるべきか、そう思って混乱してしまう。他人の記憶の中に生きるのがいいのか、自分の記憶をたずさえて死んでいくのがいいのか……生き残って父の殺人者となるのがいいか、死んで母に殺された息子となるのがいいか……どちらの選択も気に入らない。彼は死にたくもないし、殺したくもない。彼は平凡な生を、その昔父が望んだような、誰に対しても貸し借りのない生き方を望んでいるだけだった。もとより実現不可能であるような、そんな生き方を。

とはいえ、死ぬのが無念なわけではない。彼は苦しまずに死に、花の下に埋められた。実現不可能な生き方を望んだ罪は父と母にだけ残された。彼はある日の母を思い出す。母は花壇の前で、ダリアの花の前で泣いている。絶望と孤独と恐怖に苦しむ、二十をいくつか超えたばかりのその女性は、激しく叫びながら泣いていた。その時、父は軍隊で練兵場を走っていた。十周、二十周。屈強な肺活量のせいで、彼はいつまでも倒れない。父は倒れたかったが、倒れることができないのだった。その時彼はどこにいたのか。彼の記憶は誰のものか。そんなことはどうでもいい、と彼は考えてみる。ただ、夢がものすごく長かっただけだと。父は未だもって魚になる夢を抱いており、双子の兄たちはアメリカンドリームの体現者となって韓国語を忘れ、母はさらに鮮明なダリアの花をこしらえる夢を見る。よって、彼がただ夢の中だけの存在に過ぎないとしても、彼が他人の夢の中ではなく自分の夢の中にいる限り、世の中を不条理に至らせる悪影響は起こらない。

　ただ彼は、誰のものかわからない、しかし自分のものであるとまだ信じていたい、ある日のあたたかい記憶を忘れたくないだけだ。むかしむかし。彼の家族がピクニックに行った日のこと。双子の兄たちはそっくり同じ蝶ネクタイを結び、行儀良く座っている。おとなしくしていれば、キャンデーを二個ずつあげると母が約束したからだ。母は、のり巻き、肉の煎《ジョン》、ナムル、果物などを五段重ねの弁当箱に詰めている。あちこち連れて行かなければならない子どもたちが多すぎて、釣竿を握ることは夢のまた夢のようになってしまった父親は、よだれかけをべたべたに汚し続ける幼子を抱いている。子が間歇的に苦しそうに咳をしているところをみると、どうやら慢性肺炎の気があるようだ。父親は、子の小さな首に襟巻きを巻いてやる。父親を見つめる子が、口元をほころばせてにっこり笑うと、そのとろけるような微笑に、父親の心はほぐれていく。父親はふと、自分は幸せだと思う。こんなふうに生きられたなら、この家族といっしょにこんなふうに生きていけるなら、何を犠牲にしてもかまわない、ふとそんな考えがよぎったりもする。のり巻きを弁当箱に詰め終わった母親は、腰が痛いのか、しばらく〈母の椅子〉に座って腰を休めている。母は茶の間の部屋全体を眺め回す。あるはずの何かが足りないような、一抹の物足りなさを感じはしたが、それが何なのかは突き止められない。母は時々ぼんやりする。自分が失った物が何なのかを考えるために。忘れてはならない重要なことのような気がするのだが、それが何なのかわからない。それで煎じ詰めて考えてみるのだったが、そうすれば、それってそんなに重要なことだったかしら？　そんな気もしてくるのだった。

ある晴れやかな日の午後に

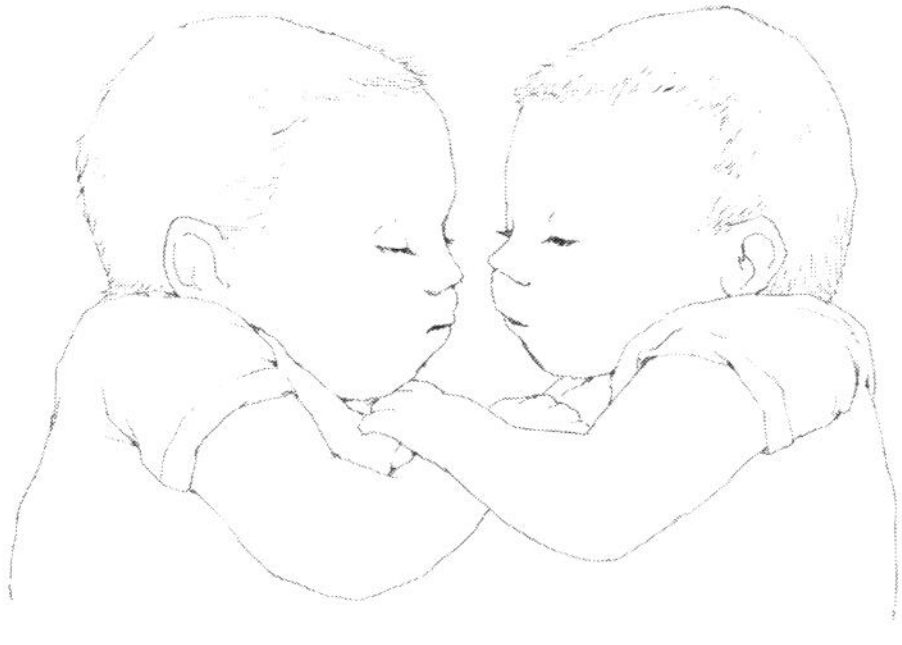

ビョンスクとスンウクは端午の日に生まれた。あんたたちは一年のうちで一番美しい日に生まれたのだと両親が祝福して言うのとは違い、そんな名節なんかに生まれた子は、困難に充ちた人生を送ることになっていると教えてくれたのは、隣に住むおばあさんだった。生まれたのが名節なだけでなく、酉年の真っ昼間に生まれたときているから、毎日、庭に落ちている餌をついばむことに追いまくられるような、徒労ばかり重ねる人生になりそうだと、おばあさんは言うのだった。スンウクは、その言葉を自分の人生に垂れ込めた初めての暗い影だと感じたが、ビョンスクは反対に、その言葉を自分の非凡な運命への啓示だと受け止めた。二人は双子だったが、似ていることは何もなかった。ほんの三分早く生まれたスンウクは、いかにも貧しい家の長男というチケットを手に生まれてきた息子といったふうで、従順でおとなしかった。しかし、ビョンスクは違っていた。彼女はどんなことにも譲歩しようとしない、極めつけの強情っぱりだった。譲歩する必要が何もないのに、いつも譲歩しろと強要されるような女の子が自分以外のあらゆるものを相手に闘わなければならないなら、最も頼りになる武器は、頑なに意地を張ること、それしかなかった。意地を張ると言っても、彼女の執着は、ピクニックに持って行くのり巻きの端っこでない部分に執着を見せる程度。逆にスンウクはのり巻きの端っこ部分の方が好物だったから、彼女は意地を張る必要のない人を相手に、無駄に我を張っているだけなのだった。学期が変わるごとに一冊だけ購入する、参考書と自習書についても同じだった。ビョンスクは新しい参考書を手にすると、まずはアンダーラインを引き、問題を解いて答えを書き込んでしまう。一晩で参考書全体にアンダーラインを引き、さらには問題集も全部解いて事実上自分のものにするのは決して楽ではなかったけれど、ビョンスクはそうすることをやめなかった。実際、ビョンスクがそうまで焦る必要など一つもないのだった。スンウクは、一つの学期が終わる頃になっても、参考書を開いたり問題を解いたりする気を起こさないのだったから。それを知りながら、ビョンスクはそうしているのだった。それはひとえに彼女の負けん気のなせる業だった。だいぶ後になってビョンスクは、自分が二卵性双生児として生まれた事実に、そしてその双子のもう一人がスンウクであったことに感謝することになるのだったが、それはスンウクが彼女の負けん気を刺激しないタイプの人間に属するからだった。彼女がのどから手が出るほど欲しいと思うもの、それをスンウクはほとんど持っていなかった。長男だという事実は少しも喜ばしいことではなく、むしろ不運に属すると思えたし、男だという事実も、大して魅力的とは思えなかった。もしも彼の持っているものの中にビョンスクの気に入るものがあったとしても、そのせいで何か争いが起きることはなかった。確かに、ビョンスクが欲しいものをスンウクはまったくと言っていいほど持っていないが、望まれれば彼はそれが何であれ、惜しげもなくビョンスクにあげた。もしかしたらスンウクが彼女に一番あげたかったのは、彼を彼とする運命的な何か、彼の核と言えるような何かだったろう。例えば、彼の性器をビョンスクに移植する、もしもそんなことができるなら、彼は喜んでやったろうし、もしも再び母親の子宮の中に戻る機会を与えられたなら、彼はじっと堪えに堪え、忍耐を重ね、気性の激しいビョンスクが彼を押しのけて子宮の外に飛び出していけるようにしてやったろう。しかし、スンウクは、ビョンスクもまた古く貧しい家に生まれた長女なのだと考え及ばずにいた。ビョンスク自身はその事実をよくわかっており、喚きたてるように強情を張って母や父から背中を叩かれている最中にも、自分がいつかはその出自によって負う義務はとことんまで負わされることになるのだろうと考えていた。だから母と父が早くに亡くなった時の彼女のうろたえぶりは尋常でなかったが、彼女のその深い喪失感の原因が何であるのかを百パーセント理解している人は一人もいなかった。彼女は割合に成功していると言っていい人生を送っていたし、四十を過ぎた頃には、まずまずの人生ねと、よく言われた。今こそ借りを返す時だと、ちょうどそう考えていた矢先、彼女がやっと手を差し伸べたいと思う人たちはあまりに早く彼女の元から去って行ったのだった。ビョンスクは、悲しくつらい思いで母と父を順に見送ったのだったが、そうやって見送った後には、それと同じぐらい悲しくつらい思いのこもった目で兄を見つめていた。彼女とは違う性器を持って生まれてきた、彼女の双子の兄は、相変わらずおとなしく内省的な顔をしていた。スンウクの人生は、ビョンスクのように傍目に成功したと見えるようなものではなかった。まだ五十にもなっていないというのに、彼の背は少し曲がっていた。けれども彼は、自分の人生がどんなものかを早いうちに悟ってしまった聖者のように、自らの人生も運命も非難しなかった。法がなくても生きられる人々と名付けられた、この世に数限りなくいるあの〈純真・純朴な〉人たちの中に彼女の双子の兄が入っているのはビョンスクを悲しくさせたけれど、同時にそれはビョンスクの心を活気づける源にもなっていた。母の子宮にいた頃、彼女が尻を強く蹴飛ばしたせいで望みもしない世界に先に送り出されてしまった兄。その兄に彼女は、今がその時とばかりに、借りを返す心積もりなのだった。

チキン屋を経営しているスンウクが、配達途中で乗用車との追突事故に遭ったのは、もう数カ月前のことだった。連絡を受けて病院へ駆けつけた時、スンウクはほんの指先ほどの怪我もなく、どこも何ともないふうに見えた。スンウクは以前にもこれと似た事故に遭っていた。注文が一度に殺到する時間帯にスクーターで暗い路地を走り回るのは、十代の若い子であっても危険な仕事だ。スンウクはベッドに座っており、その他の人たちは椅子に座っている人もいたが、大抵は立ったまま、まるで他人事を聞くような顔をして、事故の起こった時の状況を聞いていた。合間に笑い声まで立てながら。少なくともその時には、スンウクがこうも長く病院に留まることになると予測した者は一人もいなかったにちがいない。事故当日まで、あれほど健康的で悪いところなど一つもないように見えていたスンウクが、翌日から腰痛を訴え始め、次第に起き上がって座っていることさえつらそうになり、今度は手術室に入っては出てを繰り返すようになった。重度のヘルニアとも言われたし、折れた骨の代わりにワイヤーを差し込むとか、手術でふさいでいた部分をまた開いてみるとも言われた。そんな最中、家族よりも頻繁に思うほど病室に出入りしていたのは保険会社の職員で、テレビコマーシャルでは保険会社が何から何までやってくれるように宣伝しているが、実際にはそうでもなさそうなのだった。

ビョンスクは月に一回ぐらいの割合でスンウクが入院している病院を訪ねるか、そうでない場合にはスンウクの妻であるキョンソンが一人で切り盛りしているチキン屋に立ち寄るかするが、最初のうちは起き上がって座る素振りぐらい見せていたスンウクも、やがてはそれさえつらそうになり、キョンソンもまた、最初のうちは新しい油で揚げたチキンを見映え良く皿に盛りつけていたのが、やがては冷めた鶏のもも肉としなびたキャベツを、洗い残したケチャップの跡がついた取り皿と一緒に出すようになってしまった。ビョンスクは病院に行けばスンウクの枕の下に、チキン屋に行った時はキョンソンが持ってきたチキンののった盆の下に、お札の入った封筒を差し挟んで置いてきた。

毎回ではなかったが、妹のビョンヒは適度な間隔でビョンスクを訪ね、一緒に病院に行ってもくれたし、チキン屋にも寄ってくれた。ビョンヒというのは、どうしてももう一人欲しかった母が、閉経間際に授かった子だった。双子を育てたために早くにくたびれてしまった母の子宮は、スンウクとビョンスクが生まれ、再びビョンヒが生まれるまで、何度も流産と死産を繰り返した。ビョンヒが生まれたのはだから奇跡と言えるような出来事なのだったが、あれほど切実に望んでいるように見えた父と母だったのに、実際生まれてしまうと、遅くに得たその子に対して何か特別に愛情をかけたりすることはなかった。ビョンヒが生まれた頃は、母と父が一番忙しく暮らしていた時期だった。双子たちが通う学校の授業料を二人分同時に準備しなければならず、制服も同時に二着、その他、塾のお金も二人分準備しなければならなかったから、相当大変な思いをしたはずだった。ビョンヒにお金がかかるようになる頃には、双子たちはもう大人で、立派に兄と姉の役目を果たしてくれるだろうと、それだけが彼らにとっての頼りと慰めだった。商業高校を卒業してすぐに就職したスンウクは、初任給をもらうと真っ先にそれをビョンヒのために使った。ビョンヒの好物であるローストチキンを買ってやったのだ。ある日、ローストチキンを食べて帰ってきたビョンヒが苦しそうに吐いたことがあった。その日まで、ほとんど一年近くスンウクは、毎月給料日になるとビョンヒをローストチキンを食べさせる店に連れて行っていた。それから幾歳月。スンウクはチキン屋の主人となり、そういうスンウクを見るたびにビョンヒは、遠い昔、彼が食べさせてくれたあのローストチキンを思い出さずにはいられないと言った。その日ビョンヒは、ビョンスクより先にチキン屋に着いていた。チキン屋で会おうと約束しておきながら、ビョンスクはもたもたして出発が遅れてしまったのだった。厨房で鶏をさばいていたキョンソンが、「来たわ」と言ってその手を止めると、ビョンヒは座ったまま無感情にビョンスクをじっと見た。年を重ね、今となっては少しも娘らしさのなくなったビョンヒは、まだ独身だ。ビョンヒは誰かの嫁であったこともなく、誰かの妻であったこともなければ誰かの母であったこともなかった。彼女が誰かの何かであるとすれば、彼ら双子の、年の離れた妹であること、それしかなかった。不運な夫と暮らすせいですっかり癇癪を起こしやすくなってしまったキョンソンにとって、小姑というのはおもしろくない存在なのをビョンヒは知らない。ビョンヒはキョンソンが出してくれたコーラを座って受け取り、注がれれば黙ってそれを飲んだ。ビョンヒが飲んでいるコーラの入ったグラスからは、鶏を揚げた油の、強烈なにおいがした。

ビョンスクは店に入るやいなや、腕まくりをしてエプロンをつけた。外にお昼を食べに出ようと誘うつもりだったが、すでに仕事に取りかかったキョンソンを無視して今すぐ出ようと言うわけにはいかなかった。キョンソンは待ってましたとばかりに、「じゃあ、これをちょっと移動させてほしいんだけど」と言った。廃油入れだった。何度も使い回すうちに真っ黒く変色してしまった油には、小麦粉の滓《かす》が沈殿しており、それはまるで、蓮池に沈む泥のようだった。キョンソンが廃油入れの蓋を開けた途端、ビョンスクは、うっ、と吐き気をもよおした。ビョンスクが廃油入れを移動させている間に、キョンソンは鍋に油を張り、温度を調節した。キョンソンは二人のために鶏を揚げようというのだろうか。しかしビョンヒは子どもの頃に激しく嘔吐して以来、鶏を一切口にしない。キョンソンはその事実をまるで忘れてしまったかのようにふるまっていた。ビョンスクがこの日なぜビョンヒをわざわざこのチキン屋に連れてきたのか、その理由も同じようにキョンソンはすっかり忘れてしまったかのようだった。キョンソンは食べていくこと以外のすべてのことに無関心になっており、それどころかここのところは、恥ずかしいと思う気持ちが麻痺しているようだったし、世間体も気にしなくなっていた。ビョンスクがキョンソンに、今日は鶏を揚げずに外に食べに行こうと提案すると、キョンソンは大喜びしてエプロンをはずしたが、ふと見ると、わざと置いて出たらしい財布がそこにあった。

ビョンスクはキョンソンとビョンヒを車に乗せて病院へ行き、そこで今度はスンウクを連れ出して焼肉屋へ向かった。キョンソンはスンウクが注ぐにまかせて焼酎を飲んだ。酔いというのはやはり心をほぐすもので、キョンソンは徐々に口数が多くなり、むやみやたらと笑うようになっていった。ほら、あの時、あんたと店に一緒にいた時のことだけどさ……、と、キョンソンはたがが外れたように笑いながら話し始めた。スンウクが事故に遭った頃のある日、キョンソンとスンウクは大喧嘩をしたのだという。テレビからは鶏インフルエンザに関するニュースが流れているところで、喧嘩はそれをきっかけにして始まったらしい。店の壁の、高い場所に吊るされたテレビの画面には、鶏たちが生きたまま埋められる場面が映っていて、鶏たちは羽を広げてばたばた飛び回り、処理班員はその鶏にシャベルを振り下ろしながら埋めていく。その場面を見たキョンソンは、リモコンも探さず直接手を伸ばしてチャンネルを変えてしまった。すかさずスンウクはリモコンを探し出し、さっき見ていたチャンネルに戻した。すると今度はキョンソンがテレビの電源に手を伸ばしてバチンと切ってしまう。スンウクがリモコンでテレビをつければキョンソンが手を伸ばして消し、そうすればまたスンウクがリモコンで電源を入れる。そんなことを繰り返していると、急にキョンソンが泣き始め、もうやってられないと言ったというのだ。もう堪えられないと、こんな生活はひどすぎると。もう鶏のにおいをかぐのはたくさん。あんたの顔も見たくない。近寄ればあんたからも鶏のにおいがする。だから、私、もうあなたとは暮らせない。そう言ったらしい。

「それなのに――。なぜかしらね。まだこうして一緒にいる」

そう言うとキョンソンはさっきと同様、たがはずれたような笑い声をあげたが、スンウクは、壁にもたれかかって斜《はす》かいに座り、にこにこと笑っていた。ビョンヒはビョンスクがはさみで細かく切って取りのけてあるカルビを、黙々と箸でつまんで食べていた。自分で自分のグラスに酒を注ぐキョンソンは、脈絡もなく唐突に、カラオケに行こうと声を張り上げた。食事する間、座っているのすらままならない人を相手にカラオケに行こうと言うなんて……ビョンスクは恨めしさがこみあげてくるのを、やっとのことで抑え込んだ。今日みたいなこんな日は、あるいはカラオケに行くのも悪くないかもしれない、と。

ビョンスクの夫は、ビョンスクに双子の兄がいることを知らないまま結婚した。子どもの頃からビョンスクは、双子だということでからかわれてきた。ビョンスクと同じクラスの子がスンウクのクラスを探して見に行けば、スンウクと同じクラスの子がビョンスクのクラスに集まってきて、どっと笑ったりする。そんなことが、学年が変わるたびに起こるのだった。結婚したいと思う人が現れた時、ビョンスクは自分が双子だということを言わなければならない理由など、どこにもないと思った。彼女がスンウクのことを兄《オッパ》さんと初めて呼んだのは、夫が彼女の家に挨拶にきた日だった。スンウクはビョンスクの一歳違いの兄であると、ビョンスクの夫はずっと思いこんでいたが、実はそうではなく双子だという事実を知ったのは、結婚してから数年も経った後だった。その時、ビョンスクの夫はあきれて物が言えないという表情をしたが、ビョンスクは見て見ぬふりをしてやり過ごした。

私のせいじゃないわよ。だって、私の記憶にないことなんだから。私があの子を子宮の中に呼び入れた覚えはないもの。外に生まれ出たのは私の方が遅くても、お腹の中に生じたのは私の方が先なのよ。だから、もともとはそこが私の居場所であったことは厳然たる事実なの。それなのに、彼がこっそり押し入ってきたのよ。

だが、記憶にないという言葉は事実ではなかった。成長期には、ほとんど全瞬間と言っていいほど、彼女は双子の兄を記憶していたし、それと同様に、子宮の中でのことまで記憶していたのだから。記憶というのは、記憶しようとしてするものではなく、心の中にただ漠然としまわれているものだ。うまく表現できないが、ビョンスクは、自分の存在が始まったその瞬間に、同じ痛みを感じているもう一つの存在がいるのを認識していた。そしてその痛みは、一生涯続くだろうということもわかっていた。自分がものすごく痛いと感じる日は、スンウクも同じように激しく痛がっているのだと彼女は信じていた。双子に関する迷信を最も固く信じているのは、実は双子自身である。それなのに、スンウクがさまざまな不運に見舞われても、ビョンスクの方はその不運を一切感じることができなかった。スンウクが軍隊にいた時、家族にも知らせずに盲腸の手術を受けたことがあったのだが、その時もビョンスクは何も感じなかった。カッターで傷つけられた時の痛みぐらいは感じても良さそうなものなのに。

「そんな双子もいるんだ？」

スンウクが交通事故に遭った時、その連絡を最初に受けたビョンスクの夫は、病院へ向かう車の中で冗談のようにそう言った。ビョンスクは太腿をつねってでも痛みの痕跡を残したい気持ちになった。なぜそんなふうに思ったのかわからない。彼女はスンウクのいない自分もビョンヒのいない自分も考えられないと思っているが、それは夫を思う時の気持ちとも違うし、子を思う時の気持ちとも違っていた。愛情の深さと盲目性を考えれば、子を思う気持ちが一番で、他とは比較にならないだろうが、もとよりこういうことは比較不可能なことだから、最初から比較するのがそもそも間違っているのだ。これは子宮の問題、もっと別の言い方をするなら存在の問題であって、そんな気持ちになったというのは、彼女が老い始めたということを意味していた。

カラオケ店に場所を移すと、キョンソンは興に乗った。一番楽な椅子にスンウクを座らせ、ビョンスクとビョンヒが並んで座った。そして、向かい側に座ったキョンソンがマイクを手にするや、ビョンヒはさっと立って席を移動した。ビョンヒは相手が誰であっても、距離を置いて座る。そういうことが習慣として身についてしまっていた。どうしてもソファに並んで座らなければならないような時には、ビョンヒはわざわざ端っこを選んで座った。そうやって選んで座ったはずの席にビョンスクが来て隣に座ると、ビョンヒは今度は床に座ってみたり、静かに立ち上がって別の席に移ったりした。ビョンヒは誰に対してもそういう態度を取るのだとわかっていながらも、ビョンスクはそうされるたびに何か嫌な気分になった。

キョンソンが歌い、ビョンヒが楽曲リストをあちこちめくって見ている間、ビョンスクは手を下に伸ばし、しきりに足を揉みほぐしていた。疲労が足に集中するのは何の症状なのだろう。立っている時はもちろんのこと、ソファに座っている時も、横になっている時でさえ、痛くてどうしようもなくなることがあった。不意に目覚めてしまった夜などは、脱いだ靴下を履きなおしてようやく眠ることができるのだったが、そういう日は必ず、悪夢にうなされるのだった。泥のようでも、砂のようでもある何かに足が埋まっているような感覚で、体は木の板か何かのように硬直してしまったようだった。医者はストレス性のものだから、ストレスを貯めないようにとの診断を下した。あえて病院を訪ねて聞かずともそれはわかっていることだった。

ストレスの要因ならどこにでもあった。楽しそうな顔をして兄妹と食事をしたり歌をうたったりしていたとして、それがストレスになっていないとは言い切れなかった。それは事故に遭って容易に動けなくなってしまったスンウクのせいばかりではなく、ビョンヒのせいでもあった。ビョンヒは次第に、自分以外のすべてのことから遠ざかろうとしていた。心を通わすことのできる対象があるわけでもなく、ただ漠然と何も起こらず、誰とも関係せずに、たった一人で老いていくビョンヒの人生が、スンウクとキョンソンの人生より良いものだと誰が言えるだろう。

ビョンスクは、キムチやカクトゥギを持って時々ビョンヒの家を訪ねるが、塾の講師をしているビョンヒが働くのは夕方からだから、昼間も眠っているのがほとんどで、彼女がいつだろうとかまわず眠るためだけにあるような十数坪のワンルームは暗く、恐ろしいくらい散らかっていた。手や足に触れるものは、古い本やコピー用紙ばかりで、コンピュータは夜も昼もつけっ放しにしてあった。ビョンスクが懸命に掃いたり拭いたりしている間、スリープ画面には、休みなく、終わりもなく、ゆっくり、ゆっくり、泳ぐ魚がいた。ひょっとして、ビョンヒはあの魚のような生き方をしている、そういうことだろうか――。

ある時などは、ビョンヒの机脇にある屑籠から、コンドームが出てきたことがあった。そういうものが、ベッドの脇ではなしに机の脇にあるというのはいったいどういうことだろう。ビョンスクが屑籠をじっと見つめる間にも、黒いモニター画面の中に閉じ込められた魚は、休まずゆっくりと泳いでいた。あの魚は、あとどのぐらい泳いだらモニター画面の外に出られるのだろう。ビョンスクは、自分でもおかしいと思いながらも、そんなことを考えていた。

数年前までビョンスクは、ビョンヒが生涯一人で暮らすことになるなんて考えたこともなかった。たとえ、そんな考えがふと浮かぶことがあったとしても、大して心配するほどのことではないと、すぐに打ち消しただろう。ビョンスクは、自らのあまりに早かった結婚を、そしてその結婚によって人生の早い時期に生活というものの重みに抑えつけられてしまったことを、常に後悔しながら生きてきた。夫は彼女よりはるかに条件の整った男性だった。彼に会った時、彼女は自分の中のありとあらゆる感覚が、まるで釣竿の浮標《うき》か何かであるかのように、彼に向かって動いていくのを感じた。水面にいる時は、何気なくただ浮いているだけに見えるその浮標は、水面下では欲望を激しくたぎらせていた。それは彼女がそれまでとはまったく別の生き方をするための、言ってみれば、何から何まで彼女仕様の、あるいは、夜中の十二時を過ぎても終わらないことが予め約束されたパーティーの招待状のようだとでも言えばいいのか、とにかく、それらすべてをひっくるめたような、またとない機会のような気がしたのだった。夫がそれだけ立派だったからではなく、彼女自身の来歴があまりに乏しかったからだった。受けられるはずの恩恵はみな受けて育ったが、それでも十分と言うにはほど遠い、貧しい家に生まれた娘。ところが彼女は、生まれてからその時まで、常に半分でしかない存在であった。

結婚後ビョンスクは、あんなに大きな覚悟をしてまでした結婚というものの内実が、あまりに旧態依然としていることに何よりも驚いた。育児の問題、婚家との問題、より広いマンションに住もうと、坪数を上に上にと引き上げるせいで、常時節約することを考えつつやりくりしなければならない家計……。そして、夫にちょくちょくと持ち上がっては消えていく女性問題と、自身の早すぎる閉経……そんなこんな。幸い、生んだのが男の子だったから良かったものの、これが女の子だったなら、ビョンスクはその子が自分のように早く結婚すると言い出すのではないかと、毎日気が気でない日々を送ったことだろう。自分の子に対してもそんな予測をするのだから、妹に対してはなおさらである。だいぶ前にビョンヒが失恋した時も、その後、以前のような決定的な恋愛をしようとしなくなったとわかった時も、ビョンスクは心配しなかった。ビョンヒはいつまでも若いままでいるような気がしていたし、彼女にとってはいつでも幼い妹のような気がするからだった。しかし、ここまできたら、ビョンスクはビョンヒの老いへと向かう先のことを心配しないわけにはいかなかった。何にせよビョンスクは、たった一人の妹が夫もなく子どももなく、狭苦しい十数坪のワンルームで一人で老いていくことを考えると、空しいのを通り越して、胸を紙やすりでこすられるような気分になるのだった。スンウクやキョンソンのことでこんな気持ちになったことは一度もなかった。

ビョンスクは何度かビョンヒにこれからどうやって生きていくのかと訊いたことがあった。気の重い質問ではあったが、姉としては知らぬふりをするわけにいかなかった。そのたびにビョンヒは、初めて会う人を見るような目でビョンスクを見た。それが姉さんとどう関係あるの？　と問い返しているようなのだが、その視線は冷たく、まるでまったく無関係の他人を見るような目でビョンスクを見た。遠くを見る視線で見られたせいか、ビョンスクの気持ちは途端に冷めてしまうのだった。

いつだったか、ビョンヒがビョンスクに鯨の話をしたことがあった。どこかの国の海岸に、一頭の鯨が打ち上げられて死んだのだが、その死体を処理するために、鯨の体に爆薬を仕掛けたのだという。確かに、鯨を葬ることができるほどの巨大な土地を探すよりはその方がたやすいかもしれず、死んだ鯨をそのまま海に浮かべて返すのも正しい選択とは言えないかもしれない。ともかく、その国の人々は鯨を爆破することに決め、その光景を見物するために、バスや汽車に乗って海辺に集まった。ところが、爆破した瞬間、予測もしないことが起こった。ボンッというものすごい音とともに鯨は爆破されたことはされたのだが、その時に出た膨大な破片《かけら》は、海側ではなく、街の方へと噴出したのだった。鯨の死体から噴き出した血や破片類は、見物しに来た人たちの日傘の上のみならず、街路樹に、車の上に、屋根の上に、そして街の中心を流れる川にまで降り注いだ。その惨状がある程度おさまってから鯨を見ると、鯨の半分は依然、死体の塊としてそこにあった、というのである。

「私はね、こうして何をするでもなく、適度に距離を置いて暮らすこの生活に満足してるの。わざわざ日傘までさして遠い海辺に鯨の肉片を浴びに行く気になんてならないのよ」

ビョンスクはビョンヒの言葉が理解できなかった。同意できないというのとは違う。その言葉通り、理解できないのだった。要するにビョンヒは、スンウクやビョンスクの生き方が、死んだ鯨の残滓を浴びて汚された、鯨よりももっと取るに足らない、上辺だけのものに過ぎないのだと、そう言いたかったのだろうか。

一曲歌い終わったキョンソンが、マイクを使ってビョンスクを連呼していた。ソファにだらりと伸び切ったように座っているスンウクが、重い腕をなんとか頭上まで持ち上げて拍手している。ビョンスクが前に出ると、キョンソンはスンウクの所に行き、体に体を重ねるようにして倒れ込んだ。腰を痛めている人に対してそんな態度をとるなんて……。ビョンスクは、キョンソンが時々病室にいるスンウクを連れ出して店の仕事をさせることがあるのを知っていた。怒りがどっとこみ上げてきたが、キョンソンの泣き声に打ち消されてしまう。病身の夫の胸に重なるようにしてうつ伏せになっているキョンソンは、あの鶏、あの鶏どもめが……と、訳のわからないことを叫び始めた。よくよく聞いてみると、スンウクと大喧嘩した日にテレビで見たという、あの鶏のことを言っているらしかった。あの鶏どもめ、トリって言ったって名ばかりだね、飛んで逃げることもできないなんてさ。あの鶏ども、バタバタバタッって、それでも羽はあるってかい。その羽がシャベルに当たっちまってさ……。あの鶏……、羽をもがれた鶏ども……。キョンソンの声はそれ以上聞こえなかった。ビョンヒがビョンスクの代わりにと、先に歌い始めたからだった。歌は意外にも素っ頓狂なほどに明るいメロディーで、キョンソンが泣いていようがいまいがおかまいなしに、ビョンヒは無表情な顔をして歌っていた。

一つの子宮の中に同じ〈巣〉を作ったのはビョンスクとスンウクだったが、判を押したように似ているのは、ビョンヒとスンウクだった。十三年という間を置いて生まれた女の子が自分とこれほどまで似ていることに、スンウクはどんな気持ちでいるのだろう。ビョンスクはスンウクとすべての記憶を共有してはいても、彼と同じことを同じように感じるということは一度もなかった。スンウクについてビョンスクが覚えていることといえば、負けん気を発揮したかしなかったたか、その程度の記憶でしかなかった。彼女は本能的に彼に対しては神経質だったし、にぎった拳をゆるめようともしなかったから、スンウクには双子のこの妹を愛する術がなかったのだろう。

だが、自分よりも十三年も遅く生まれたビョンヒはまるで違う。彼らは顔立ちもよく似ていたが、異常なほど口数が少ないところもそっくりで、感情を外に出さず、飲み込んでしまうところもまたよく似ていた。ビョンスクは、彼らが無意識のうちに同じところを見つめているのをよく見かけた。昔、彼らは空港の近くにしばらくの間住んでいたことがあった。遠い親戚で、小規模住宅の分譲を仕事にしている人が建てた家で、建てたはいいが売れないからと、少しの間住むことになったのだったが、当時、小学校にも入学していなかったビョンヒは、飛行機が離着陸する様がはっきりと見えるその家にすぐに魅了されてしまったのだった。三階建ての建棟住宅、その最上階にあった彼らの部屋からは、だだっ広い野原と遠くに見える山、そして空港の管制塔と一日に何度も離着陸する飛行機がよく見えた。ビョンヒは一日のほとんどをベランダで過ごすようになり、外に出れば、何でもかんでも拾ってきた。瀬戸物のかけらから、錆付いたコーラ瓶の蓋まで、手にした物は何でも拾ってきて、これは飛行機から落ちてきた物だと言うのだった。その時は家族の中に飛行機に乗ったことのある者は一人もいなかったから、卵の殻やコーラの瓶といったゴミが鉄道線路の周辺に落ちているのと同じように、空港の近所にも飛行機からの落下物があるのは当然であるかのように思っていたし、ビョンヒの話を否定する理由も見当たらなかった。ところがある時、飛行機から落ちた人がいるのを見たとビョンヒが言った。そうなるともう話は別だ。ビョンヒの話では、飛んで行く飛行機から、どんっ、と何かが落ちてきたのだが、それはパッと立ち上がり、母を呼びながら走り始めたのだという。体のとても小さな子どもだったから、ものすごいスピードで飛んでいく飛行機に追いつこうと、その子は一時も休まず、必死に走って追いかけたのだと言うのだった。誰も信じないようなことを言ったその晩から、ビョンヒは悪夢を見るようになった。毎晩のように悲鳴をあげて目を覚まし、起き上がってベランダに走って行ったと思うと、あそこにあの子が走っていると、またぞろ叫ぶのだった。あの子が私の夢の中に出てきたの。それでその子が今はあそこを走ってるの！　ビョンヒが悪夢にうなされれば、同時に家族も睡眠を妨害されることになる。眠っていられなくなった家族たちは、ビョンヒを追ってベランダに出、真っ暗な平野を一緒になって見下ろした。ビョンスクには彼女の両親と同様、何も見えなかったのだが、スンウクはビョンヒと同じものを見ていることがビョンスクにはわかった。スンウクはビョンヒの手をぎゅうと握り、ビョンヒが目で追う地点を見つめていた。

彼らはまるで、一つの体から伸びて出た、古枝と若芽みたいだった。軍隊に行ったスンウクが、家族にも知らせずに盲腸手術をした時、腹部が裂かれるような痛みを感じたのは、ビョンスクではなくビョンヒの方だった。貧しい家の長男として生まれたという事実を何の抵抗もなくすんなりと受け入れたスンウクが何を望み、どんな夢を持っているのかを一番よく知っているのも、おそらくはビョンヒだったに違いない。スンウクが給料をもらうたびにごちそうしてくれたローストチキンに消化不良を起こし、それ以来二度と鶏肉を口にできなくなってしまったように、ビョンヒはスンウクが抱いている夢に対しても、消化不良を起こしたに違いない。世の中のありとあらゆる夢には、苦労という対価が伴うということを、ビョンヒはいち早く知ってしまったのかもしれない。あの時、飛行機から落ちたのは、もしかしたら兄さんだったかもしれない。スンウクが交通事故に遭った日、家に向かう車の中で、ビョンヒがそう言った。ちらりと振り返った時のビョンヒの表情は、いつもと同じように、無表情だった。机わきの屑籠に捨てたコンドームをビョンスクに見られたことを知った時も、ビョンヒはそれと同じ表情をした。

「私ね、こんなことを思うの」

そう言ったのはいつのことだったのか、もう思い出せない。その日、ビョンスクはビョンヒにこんなことを言った。「私たち、みんなで一緒に子ども時代に戻ることができたなら、そして何もかも最初からやり直すことができたなら、そんな機会がもし与えられたなら……、私は何を望み、どんなふうに生きたいと思うんだろう」と。ビョンヒがビョンスクの話の腰を折って答えた。「そんなことができるなら、姉さんは一人で生まれたいと思うんじゃないの？」。その言葉を聞いた瞬間、ビョンスクは胸に穴が開いたような気がした。ずっと前に塞いだ穴の封が解かれ、すきま風がすうっと通り抜けていくような、そんな感覚だった。何というのか……、自分には夫と二人の息子がいて、まあまあ広いマンションに住み、老後のために準備しておいた貯金も少しある。自分が手にしたものの大きさを、彼女はよくわかっていた。それは彼女のこれまでの生きざまであり、この先の生き方そのものだった。彼女は時々、こんなにたくさんのものを与えてくださったことに感謝しますと、不特定の神に礼を言ったりした。彼女は決して軽い気持ちでそう言っているのではなかった。しかし同時に、嫌悪感が突き上げるように込み上げてくるのも事実だった。子どもらは学校から帰ってこず、夫も帰ってこないある夕暮れ時、彼女は暗くなっていく居間にいて、両の拳をぎゅっと握ったまま、どこから来るのかさえわからない怒りの中でもがいていた。封を解かれたその穴は、彼女の怒りに空しさという名の衣を着せてしまうと、二度と塞がることはなかった。これは欲ではない、とビョンスクは思った。これはもっと根本的な問題、つまり、生まれてきた場所を見つめ直すという、ひょっとしたらそういうことなのかもしれない、と。けれど、これがそんな問題だからといって、何が変わるというわけでもなかった。所有欲の問題ではないのだから当然変化を望んでいるわけでもなく、だとすればやはり、根源を見つめ直す、そういうことなのかも知れなかった。

カラオケ店を出ると、外はまだ明るかった。酔っぱらったキョンソンをビョンヒに任せるわけにもいかないので、ビョンヒにスンウクを任せ、ビョンスクはキョンソンを車まで連れていって乗せた。背中が曲がったスンウクがビョンヒと並んで歩く姿は、まるで燦々と降り注ぐ日の光の裏側の、影絵か何かを見ているようだった。ビョンスクは少し気持ちを整えてから、エンジンをかけた。酔っぱらって意識朦朧としていると思いきや、キョンソンはしっかりしており、背筋を伸ばして座席に座るとシートベルトを締め、「店に行くんでしょう?」と、はっきりした声で言った。大丈夫なのかと聞くと、キョンソンは、今度は笑い出した。「前世でどんな縁があったというんだろ? こんな人に、こんなふうに出会うなんてさ」。完全に醒めているわけではなさそうである。キョンソンは、すっかり感傷に浸ってしまった声で言った。「あの人……、スンウクっていう人はね、私が知っている中で一番のお人好しなんだよ」。こういう言い方が皮肉っぽく聞こえてしまうのはなぜなのだろう。ビョンスクがそう思っていると、キョンソンが続けた。「あ、これは決して悪く言っているんじゃないのよ。醜悪な世界に身を置きながら、その醜さに捕らえられないようにするためには、善人になるしかないでしょう。彼もだからそういうふうに生きるより他に手の打ちようがないのね」。スンウクは真っ直ぐな性格だったし、ビョンスクは気が強かった。二人の性格は、足して二で割ったような均質なものではなく、偶数と奇数に分かれてしまうほどに違っていた。最初からそんなふうに分かれていたわけではなかったのかもしれない。ビョンスクが欲しいものを得て、その後に残ったものをスンウクが得る。そんなふうだったから、スンウクには手の打ちようがないという言い方は当たっていた。けれども、手の打ちようがないのは、ビョンスクにとっても同じだった。醜さに捕まらないようにするためには、善人のふりをするわけにはいかなかったのだ。貧しい家に双子の妹として生まれ、自分の取り分を得るということがどれだけ困難なことか、これは誰もが簡単に推測できるようなことではない。

「私ね、よくこんなことを考えるの」ビョンスクがアクセルを踏みながら言う。「もしも、子ども時代に戻ることができたなら、そして何もかも最初からやり直すことができたなら、そんな機会がもし与えられたなら……」、そこまで言うとキョンソンが「何になりたいの？」と訊ね返し、ビョンスクは笑った。

「私、ごくごく平凡に生まれてきたい。もう一度、子宮の中に戻って、普通に生まれてきたいの。そして死んでいく時には、こう言うの。生まれてきて良かった。生きている間、幸せでした。もう逝くわねって」

ビョンスクの話を聞いているキョンソンの顔色が優れない。

「ビョンスクさん、十分いい暮らしをしているじゃない。これ以上何がお望みなの？」

ビョンスクは答える代わりにハンドバッグを引き寄せると、中から封筒を取り出した。今回は少し多めに入れておいたわ。今日は特別な日でもあるしね、そう言おうとして、ビョンスクは突如、言い換えた。「近頃は景気も悪いようだし……」。そう言ってキョンソンの膝に封筒をのせた。すると、突然キョンソンは泣き声をあげ始めた。どうやら酔いが回っているらしい。キョンソンは両手で顔を覆ったまま、「あの人、もうダメなの。どうすることもできないって」と、繰り返しつぶやいていた。カラオケ店で、あの鶏どもめと言って叫んでいた、あれと同じ声音で――。

家へ向かうオリンピック大路は、昼だというのに渋滞していた。ビョンスクはギアを真ん中に入れ、ブレーキを踏んでいた足の緊張をしばし解いた。隣車線の車の中に、二人の子どもを乗せている若い女性が見えた。男の子ばかり二人だった。ビョンスクの息子たちがそうだったように、とんでもない利かん坊のようだ。若い母親がハンドルを握ったままで振り返り、子どもたちを叩いているのだが、その様子が危なっかしくて見ていられない。ビョンスクは笑いがこみ上げてきた。年子の息子二人を育てている間に、彼女の青春がどうやって過ぎ、そのくたびれようはどれほどであったか、神だけは知っていてくれるだろう。息子たちがけんかを始めると、それぞれを別々の部屋に閉じ込め、彼女は両方の部屋を行ったり来たりしながら、彼らを叩いて叱った。しかし、そんな慌しく、疲労がピークに達したような日々を過ごしたあの時期は、素朴な幸せに満ち溢れていたのかもしれない。そんな日々は、あっという間に過ぎてしまうとも知らずに。あの時、子どもたちの幼年時代は瞬く間に過ぎていったのだけれど、気がついてみれば同じように彼女自身の大切な歳月もまた、超特急で通り過ぎてしまった。いや、ある一時期のみではなく、彼女の人生全体がそうではなかったか。振り返った瞬間、すでにそれはもうずっと昔の過去のことになっているのが常であったから。だが、生きていく日々の中にくぼみのように落ち込んでいる穴があり、もしその穴にも敬意を表すべき何かがあるとすれば、それは中央にあるのではなく、中心を取り囲んでいる些細なことがらの方だろう。ピクニックに行った日、我先に自分の分を得ようと躍起になったあののり巻き争奪戦だとか、参考書を買うやいなや、兄より先に本の側面に自分のイニシャルを書いて母親に叱られた記憶、そして、空港近くのあの家で、悪夢を見てベランダに裸足で走っていくビョンヒを追いかけていった日々の、窓の外に広がる暗闇の濃さ、そんな事柄の方に……。

考えてみれば、金浦空港のあのだだっ広い野原にぽつんと建っていた建棟住宅での数カ月間は、彼らの人生の中で最も遠くを、ともすれば最も高い場所を見つめながら生きていた時期かもしれなかった。稲が青く実っていた平野や、その平野の上を高く飛び上がっていった飛行機は、今も目に鮮やかだ。それに、ベランダの欄干にのっかっていた、三兄妹の白い手の甲も。それからだいぶ経って、ビョンスクは飛行機の上から当時住んでいたと思われる平野のある一点を見下ろしたことがある。その時彼女は、飛行機から落ちて、それから後もずっと平野を走り続けているあの子、いや、背中の曲がった中年らしき人を見た気がした。幼かったビョンヒが見たというその子は、スンウクであった可能性もあるし、あるいはビョンスクであったかもしれなかった。あの時から今までずっと飛行機を追いかけまわしていた、それだからこんなに足が痛いのかもしれなかった。

車がスムーズに流れ始めると、ビョンスクは少し先まで車を進め、車線から外れて路肩に出た。足の裏は相変わらず強烈に痛むけれど、それを差し置いてでもしなければならない重要な用事を今になって思い出したからだった。車を停めて携帯電話を取り出すと、ビョンスクはスンウクの病院に電話をかけた。同室の患者が出て、少々お待ちくださいと言う。その待機時間にビョンスクは、ルームミラーに映った自分の顔を見つめながら、鏡の向こうの自分に向かって小さく言った。

「誕生日、おめでとう」

そういえばビョンスクは、スンウクにも自分にも、心から誕生日のお祝いを言ったことがなかった。年を重ねるほどにそういうことに疎くなり、今では誰かが自分の誕生日を記憶してくれていることさえ煩わしいと思うほどだった。だが、人生のある地点まで来た時ぐらいは、生まれてきたことを心から祝ってくれる誰かがいる、そんな日があるのも悪くはない。彼女はその祝福の言葉を、彼女の双子の兄から聞きたいと思う。もしもし。スンウクの声が耳に届くとビョンスクは咳ばらいをした。今日これから、この世で一番気恥ずかしい言葉を口にしなければならなかったから。今日、端午の節句だって知ってた？　口から言葉が飛び出す前にもう、足の裏の強烈な痛みはいくらか和らいでいた。口の中にあった言葉が外に出るまでのその間に、慰めを得たせいかもしれなかった。

チョ・ドンオク、パビアンヌ

寿寧翁主《スリョンオンジュ》の墓誌は、中央博物館図録の一三四ページに掲載されている。高麗一三三五年、忠粛王《チュンスク》復位四年のことと記録されてあるこの墓誌の画像は、真っ白でつるつるした材質の高級紙で印刷製本された図録ばかりの中で、たった一つだけ黒ずんでいる。「高麗時代の墓誌は、板石《いたいし》の文字を書く面をよく均して滑らかにし、その上に誌文を印刻するのが一般的である」との説明が図録にある。つまり、縦八六・五センチ、横六一センチの黒い誌石が板石ということになる。石についてはまったく無知なので、板石という情報から得られるものは何もない。彼女が関心を持ってじっと見つめているのは、その黒い板石の上に刻まれた傷跡の方だった。保存状態が悪くないせいか、目を凝らせば生き生きと息を吹き返しそうな誌文の上に、風が吹き残していったような傷跡が、ある線は幅広に、またある線はごく狭い幅で、対角線状に描かれていた。何か鋭い物で引っかかれたような、今にも金属音が聞こえてきそうなその傷跡は、おそらく人為的なものであろう。にもかかわらず、対角線のその模様は、風が吹き描いていった線のように持続的でスピード感があり、荒々しく見えた。土の中でも風は吹くのだろうか。それとも、風は土の中でまた新たに生まれるのだろうか。墓誌は、「墓誌石、墓誌名ともいい、故人の姓名、経歴等を掘りこみ、死体を葬った場所の隣に埋め込んだ、石や図版、またはそこに掘りこまれた文言のことを指す」という図録の説明通り、寿寧翁主の墓誌は、六百年以上もの間、土の中に埋められていた。

十八センチほどに縮小された画像だが、注意深く見つめていれば、「大元高麗国故寿寧翁主の墓」と読み取れる。風が通り過ぎた痕跡をたどれば、次の行も、そのまた次の行も読めるような気がしてくる。

金氏為貴族蓋起新羅之初……

金氏は貴族であり、その起源は新羅時代の初め頃からである……

俗傳金櫃降之自天取以為姓……

その時代の伝記によれば、空から金櫃《きんき》が降ってきたゆえ、それを姓とすることとしたという説もあり……

彼女は墓誌に書いてある文字を解読することができた。墓誌銘を現代語で解説してある歴史情報サイトもあるのだが、そういうサイトがあることを知ったのは、彼女が墓誌の漢字を一字ずつ調べながら自力で読めるようになった後のことだった。誤訳がちらほら目につくことはあるが、それは全体の意味を損なうほどの誤訳ではなかった。漢文を学び始めてから日が浅い彼女にとって、数百年前の文字を解読することは、簡単なはずがなかった。分かち書きのされていない墓誌銘は、まるで暗号か何かのようだったから、文章に表現しなおすためには、推理力だけでなく、想像力まで必要とした。それでも彼女は粘り強く、一字一字模索しながら読み、ついには彼女が必要としているある文章にたどり着いたのだった。

適所鍾愛當其遠送憂懑成疾自後時巳時作至元統三年病殆藥不效越九月乙酉卒年五十五。

愛する娘が遠くへ行ってしまったので、心配のあまり悶え苦しみ、病気になってしまったのだが、その病気はその後さらにひどくなったかと思えば少し良くなることもある。その悲嘆に暮れる日々も三年に達すると、病状はさらに悪化、薬も効かなくなり、ついに九月の乙酉の日に亡くなった。五十五歳であった。

一方、彼女の母も、あと一年で還暦という年に亡くなった。良家に生まれたわけでもなく、たくさんの子を残したわけでもなかったが、壽寧翁主より何年か長く生きることができた。彼女が母と別れてから、十六年が過ぎていた。その十六年の間、彼女は母がどう生きてきたのか、まったく知らない。愛する娘を置いて遠くへ行くので、心配のあまり悶え苦しみ、病気になってしまったのだが、その病気はその後さらにひどくなったかと思えば少し良くなることもあり……そんなふうにしてこの世を去ったのだろうか。「母は、生きている間を幸せに過ごし、この世を去っていきました。目を閉じた顔は、誰の目にも安らかに映りました。私たちは、母がこの世とは別の、平穏な世界へと旅立っていったと信じていますから、あなたにもこの事実をお知らせするべきだと考えた次第です」母の死亡を知らせる手紙には、母は安らかに死んでいったと書かれていたが、安らかな死とはいったいどういうものであるのか、彼女にはわからなかった。「この世とは別の、平穏な世界へ」行ったというのなら、その人にとってのこの世とは、平穏とはほど遠い、苦痛と煩悩と孤独に苛まれた、あるいは病に侵され続けた人生だったということではないのか。彼女は手紙を前にして机に座り、数時間の間、ぴくりとも動かなかった。墓誌の文字を解読していると、まるで深い水の中に沈んでしまったかのように、完全に息を止めていないとどうにかなってしまいそうな瞬間があった。一字を読み解き、また次の一字を理解し、とうとうすべての文字が解読される。それでもまだ扉は開かない。この手紙の文字を読む時も、その時と同じ状態になった。彼女は息を完全に止め、今にも息が絶えそうにもがきながら考えた。母が幸せを感じたのは、いつ、どの瞬間だったろうかと。

彼女が土の中に埋まっている物に関心を持ち始めたのはいつの頃からだったのだろう。時期的には、母と別れた後であることは確実だ。母と別れた後、つまり、女子高から大学時代にかけて父と暮らした家は、都心の郊外に建設された戸建住宅団地内にあった。団地内に敷地は造成されてあるものの、家はまばらにしか建っておらず、空き地ばかりが目立った。塾からの帰り道、その空き地を横切って歩いている時、彼女は土に半分埋まっている爪櫛を見つけた。歯も欠けていないし、損傷している個所も見当たらなかった。彼女はその櫛で地面を引っ掻いてみた。櫛の隙間から、冬眠中の草根が姿を現した。その様は、梳けば櫛の間にびっしり付着してこぼれ出てくる虱とその卵を連想させた。その櫛の何が彼女をそこまで引きつけたのかはわからない。彼女は爪櫛を持って帰り、机の上に置いておいた。その年、彼女の父は、家の前庭に柿の木を植えた。濡れた地面にシャベルを深く入れて一掬いすると、中の土が現れた。まるで、茹でたジャガイモを割った時のように湯気が上がっており、ほくほくと今にもほぐれそうなその柔らかな土の中には、こまごました石ばかりでなく、煙草の吸殻やボールペンの芯、それに、柄の取れた金槌なんていう、思いがけない物も埋まっていた。

父がその柄の取れた金槌を遠くへ放り投げると、彼女は一目散に走っていって拾いあげ、机の上に置いておいた爪櫛の隣に並べておいた。彼女が通っていた女子高というのは、山のすぐ下にあったから、他の子たちが微分積分を学んでいる数学の時間、彼女は一人で裏山に登り、地面を掘った。土の中から出てくるのは、破れた紙切れだとか風船の欠片やなんかで、中には、女性のパンティーや生理用ナプキンなどもあった。その当時の彼女に、夢は何かと尋ねたら、彼女はためらうことなくこう言ったにちがいない。世界で一番大きなシャベル、何て言うんだっけ？　パワーショベル？　そう、ああいう大きなのが一つ欲しいの、と。彼女は掘ることができる場所ならどこでも掘った。土の中にある物を全部見たかったのだ。

父は彼女のその偏執ともいえる癖を、父なりに理解した。彼女の母親は、離婚して一年にもならないうちに彼女を父親に委ね、親戚の住むブラジルに行ってしまった。その一連の過程は、見事なまでに決然と、冷酷な態度でなされたものだから、すでに離婚した後だったとはいえ、父にとっては少しばかり苦い思いの残るものとなった。離婚した当時彼は、子どものことにしろ何にしろ、一切を省みることのない悪い父親であったのはたしかだ。しかし、彼にしてみれば、突然娘を委ねられた瞬間の驚きと恨みがましい気持ちがあるばかりで、自分がどれほどの罪を犯したのかについては何一つ考えられなかったのだろう。彼は娘の机の上が捨てられた物で埋め尽くされる頃になってようやく、娘の異常に気が付いた。だからといって、彼を悪い父親だと言うことはできない。彼は再婚してしまった妻の代わりに、娘が靴と靴下とズボン裾につけた泥をこすり合わせて手洗いまでしたのだったから。毎晩、風呂場の排水溝に向かって真っ黒い泥水がごうごうと流れていったが、物干し綱に干された彼女の靴下には、それでもまだ泥が残っていた。

ある日彼女は、塾から戻る途中の空き地で、赤いビニール袋の角《かど》が、土の中からつんと顔を出しているのを発見した。酷い寒さのために地面はかちかちに凍っていたにもかかわらず、彼女がその角を引っ張ると、スッという音とともにビニール袋は引き抜かれた。袋の中には、コチコチに凍った餅が入っていた。その日は大学入試の前日だった。無愛想な父が、彼女を激励しようと頭をひねって考えついた冗談であり、父の気持ちが詰まったプレゼントだと気付いた彼女は、声に出して笑ってしまった。

父は常に努力するタイプの人間だったし、それは新しく父の妻になった人も同じだった。反抗することよりは協力することの方を選んだ彼女も、その点は同じだった。家庭内のそんな雰囲気が、父の再婚相手の腹の中まで伝わったのだろうか。彼女の腹違いの弟は、生まれた時の泣き方があまりに静かで、生んだ母親も、医者も看護師も、みな驚いたという。「それがどのぐらい静かだったかというとね、泣くっていうより、何かをぼそぼそ語っているっていう感じだったわね」母親の言葉通り、彼はおとなしい子で、賢く、察しが良かった。彼女が弟を眺めていたりなんかすると、その子は何か言葉を発するようにして静かに泣いた。「ごめんね、今の僕にはこれしかしゃべれないんだ……」まるでそう言っているかのように、彼は静かに泣いた。

シャベルをたった一掬いすれば現れる、乾いた土まみれのがらくたではなく、さらに掘った先の湿った土の中にある物に彼女が関心を持ち始めたのは、おそらく大学を卒業した後のことだろう。当時彼女が付き合っていたのは、彼女より卒業が遅れつつも論文の準備中だった人で、その彼が必要としていた論文資料の中に、墓誌名があったのだった。コピーした拓本を見せながら、彼は彼女にこう言った。「これはね、土の中にあったものだよ。墓の中に埋められていたんだ」。コピーの状態が悪いからなのか、あるいは墓石の状態が悪いからなのか、その拓本は、ただの黒い痕跡にしか見えなかった。男はそれが百済人である黒歯常之《こくしじょうし》のものなのだと言ったが、彼本人も、その拓本の内容についてはよくわかっていないようだった。にもかかわらず、それがどうして彼女の心をそうまで引きつけたのだろう。土の中という言葉のせいか。あるいは墓の中と聞いたからか。いや、それともまた違って、百済という遠い昔の名を耳にしたせいだったかもしれない。彼女は男がノートブックパソコンのキーボードを叩きながら論文を書いている間、机の下にしゃがみ込み、その拓本をずっと眺めていた。それは湿っていて、太古の昔からずっと染み込んできたのであろう、積年の土の匂いを漂わせていた。シャベルなんかでは掘ることのできない、もっとずっと深い場所の湿っぽさ……。男がパソコンをぱたりと閉じた時、彼女にはそれが棺の蓋が閉じられる音に聞こえ、真っ暗闇の湿った場所のもの寂しさを、完全なる寂寥というものを、その時初めて意識したのだった。

　長く付き合ったわけではないが、その人は彼女が知る中で最も多くのエピソードを持っている人で、彼はその話を彼女にも聞かせてくれた。ある日、ベッドのない部屋で、二人並んで床に寝そべっていた時のこと。男はささやくようにこう言った。「朝鮮時代のある男は、科挙の試験答案を代筆していたそうだ。まあ、要するに詐欺をしていたってことになるんだが、それを墓誌に残すっていうのはどういうことかな」。彼のいうその〈朝鮮時代のある男〉というのは、李氏朝鮮第二十二代正祖時代のソンビ（学識はあるが、官職につかない人のこと）、李家煥《イガファン》であり、その墓誌名を書いたのは盧兢《ノグン》である。そんなことを彼女はだいぶ後になってから知った。床に並んで仰向けになり、昔話でも聞かせるみたいな口調で男がいろいろな人たちの墓誌名の内容について話す間、彼女の関心はもっぱら、男の話す墓誌名のことよりも、それが埋められている土の中の方にあった。

「朴趾源《パクチウォン》は、姉の墓誌名を書いた。ところが、その内容というのがとても悲しいんだな。〈姉が死ぬと、姉の夫である人が言った。「心の支えを失った。孤独だ。子どもらと女中一人、それに釜や器、箪笥と櫃を引《ひっ》き連れて山奥に引きこもってしまおうと、輿を担ぐ人夫と共に家を出て行くが……」〉。墓誌名っていうのは死んだ人をたたえるものだけれど、とはいえ苦しみや悲しみは残された者にある。そういうことを、朴趾源という人は痛いほど知っていたんだね」

「それを知らない人がどこにいるのよ」彼女が言い返した。「ただ、そういうことをきちんと言葉で表現できる人が少ないっていうだけで。残された人はあまりに悲しくて、その残された人をそばで見ている人も、その人の悲しみに気圧されてしまうし……言葉になり損ねた悲しみは、ただ死んだ人の後について行くか、あるいは死んだ人と共に埋められるしかないのね」

「そうそう、こんな墓誌名もある」男が言った。「徳保《トクボ》・洪大容《ホンデヨン》の墓誌名だ。ほら、見てごらん。ここに面白いフレーズがある。〈最初、西洋の人々は、地球は丸いと言った。だが、自転するとまでは言わなかった。しかし、徳保・洪大容は、かなり前から地球は一日に一回ずつ自転すると説いていた。〉洪大容が、ガリレオより先に生まれていたら良かったと思わないかい？　そしたら、叩かれるとか縛られるとかの刑に処されたとしても、地動説を主張しただろうからね」

　時々は彼女の方から彼に何か話してくれるようにお願いすることもあった。すると彼は表情を曇らせ、それまで話題にのぼらなかった墓誌名を苦労してしぼり出すのだった。「あ、そうだ。自分の妻の墓誌名を書いた夫もいたよ。墓誌名自体は面白くもなんともない、ありきたりだ。善良で美しく、家事全般をきちんとこなし、夫の両親に良く仕える女性であった……とか、まあ、そんな内容だね。だけど、ここで面白いのは、妻の名が墓誌名にはっきりと書かれていることなんだ。女性の場合、墓誌に名前が記されることはほとんどない。ただ、――氏と、姓だけ明かされるのが普通なんだ。ところが、かの夫はそうしなかった」。そう言いながら彼は、彼女の方へくるりと向き直った。変わらず仰向けに寝て天井を見つめている彼女のひたいに手をのせると彼は言った。「その妻の名前は、瓊愛《キョンエ》といった……」彼女は、だいぶ後になって、その墓誌名が誰のものであるかを知った。それは、朝鮮王朝毅宗二年に礼部郎中を務めた崔婁伯《チェルベク》の妻、廉《ヨム》氏の墓誌だった。彼女自身の名もまたキョンエといい、思いがけないことに墓誌に記されたその女性の名前と同じだった。「その妻の名前は、瓊愛《キョンエ》といった……」彼女は別れた男の言葉を思い出し、彼と別れたことの意味を、その切なさを、この時初めて痛感した。彼が自分との結婚を夢みていたとは、ほんの一瞬でも考えたことがなかったのだった。

彼と別れた後、彼女にはその人の手だけが記憶に残った。手がものすごく大きい人で、手を広げれば彼女の顔が全部覆い隠されてしまうほどだった。恋愛するのにそこまで大きな手が必要かどうかはわからないが、とにかく彼女はその大きな手に魅了されていた。彼と並んで寝ていて眠くなってくると、彼女は彼の手で自分の顔を覆い隠し、その状態で眠った。彼の手の上から、暗闇は深く重く降りてきた。そのせいで彼女は何度も息が止まりそうになったのだけれど、どういうわけでそう思ったのだったか、これは何かの罰なのだと、そんなふうに思っていた。この世のありとあらゆるものが胸の上に降りてきて、彼女を土の中へ、そのもっと深部へと、押し下げていく。しかし、こんなことで赦されるのなら良しとすべきだ。もっと大きな罪もこの程度の小さな罰によって贖罪することができるのなら、この世に生きる人であれば知っているはずの、隠された罪、自分だけが知っている天罰を受けるに値する罪も、こうやって一瞬にして消し去ることができるのなら……手の大きなこの人といるうちは私は大丈夫、そう彼女は感じていた。

壽寧翁主の墓誌の拓本は、その人が置いていった荷物の中に入っていた。荷物と言っても、中には使い捨てのカミソリ一つと歯ブラシ一つ、それにコピー用紙が入っているだけだった。そのコピー用紙の束の間に挟まっていた壽寧翁主の墓誌の最後は、詩文で飾られていた。〈すばらしき山　清らかな水　川のほとりには瑞祥あり　そこへ安置せらるこの墓は　どなたの墓であるか……千年が過ぎ去った後でも　この詩について知りたがる者はいるだろう……〉。それは、死んだ翁主に対してというよりも、その墓に捧げられた詩のように思われた。千年が過ぎ去った後……。その詩の最後のフレーズが、彼女の胸の中に土のにおいを呼び起こした。その詩を書いた人の言っていることは間違っていなかったのだ。六百七十年が過ぎた今も、土の中に埋められたその詩をある人は読み、ある人は聞き、またある人はそれについて話したりしているのだったから。

壽寧翁主は、一二八一年（忠烈王《チュンリョル》八年）に生まれ、一三三五年（忠粛王《チュンスク》復位四年）に亡くなった。父は密直承胸で、母は判大府監の娘だった。十四歳で結婚。夫は顕宗王《ヒョンジョン》の四男で、文宗《モンジョン》とは同母弟である平壌公《ピョンヤン》の十代孫だった。王と直接つながる血統までたどろうと思えば、十一代も遡らなければならない身分ではあったが、そうはいっても王の血統による恩恵は十分あった。翁主は、三十を迎える前に寡婦となってしまったが、気立ての良い息子がいたおかげで、王と血はつながっていなかったにもかかわらず、〈翁主〉の呼称をもらうことができた。墓誌によれば、「皇慶《ファンギョン》二（一三一三）年、忠粛王が即位した日に翁主の長男である淮安府院君が王を左右に迎えて礼法に違うことなく立派に役目を果たしたため、その恩恵が大きく母親にまで影響し、この時に翁主は、〈壽寧〉という称号を受けることとなった」とある。そう命名したのは王で、さらに王は毎月のように禄を下賜し、正室の王妃のように扱った。それもまた特別に大きな恩恵であったと墓誌には続けて記されてあった。その恩恵の大きさがどれだけ格別なものであったのか、それについて墓誌はこんな文章を付け加えて説明している。「金氏（壽寧翁主）は大君の配偶者であったのだから、宗室の娘と同じ称号を持つことは不可能であるゆえ、怪《け》しからぬことと思う者が必ずいたはずである」と。

墓誌の内容をそのまま信じるのなら、翁主は女性として受けることのできる最高の栄誉を受けたことになる。王の血族に嫁いで翁主になり、大君になった三人の息子と、母同様に翁主となった娘一人を設けたのだったから。これは女性の生き方としては幸せなものではないだろうか。しかし墓誌は、この女性の人生の幸せな面ではなく、むしろ彼女の悲しみと苦痛の方に注目していた。

中国・元の延祐―至治時代、皇帝から王氏の娘を探せという命令が下った。これに翁主の娘が選ばれ、河南等処行中書省左丞の室烈問に嫁ぎ、靖安翁主となった……。それ以前に、わが国の子どもたちが選ばれて元（中国）に渡っていったことはなく、王室に近い身分の高い家でも逃げ隠れすることはできなかった。そうやって母と子が一度離れてしまえばおそらくは永遠に会うことはできないのだったから、悲しさが骨髄にまで沁み入り、病に罹り、それが原因で死に至ってしまう者も、一人や二人にとどまらなかった（母子一離杳無會期痛入骨髄至於感疾隕謝者非止一二）。この世でこれより悲痛なことが他にあろうか。

痛入骨髄《トンイルコルス》、悲しさが骨髄にまで沁み入り……。彼女はその文の上に指を置き、二度、三度と繰り返し読んだ。痛入骨髄、痛入骨髄……。つまり、壽寧翁主は――、非常に恵まれていたかに見えたこの女性は、娘を貢女として奪われた悲しみが骨の中にまで沁み入り、嘆き悲しみ抜いた末に亡くなったということになる。翁主が生きたその時代というのは、そういう世だった。国外の者たちに踏みにじられ、娘たちは外部から来た者たちに髪の毛をつかまれ、引きずられるようにして連れていかれる。このすさまじい侵奪を前にしては、侵略された国のちっぽけな権力など、地面に叩きつけて捨ててしまえるほど、取るに足らないものだった。後に恭愍《コンミン》王の外祖父となった洪奎《ホンギュ》は、当時屈強と言われるほどの高い地位にありながらも、娘を貢女名簿から外すことができず、ならばいっそのこと憎になれと言い、娘を剃髪してしまった。より高い望みにかなう女性を血眼になって探していた元の王妃は、洪奎の裏切りを知ると激怒し、骨が砕けるほどの傷を負わせ、財産を没収し、流刑に処した。すべてを手にしていた者がすべてを奪われる時の驚愕と恐怖が、ありありと目に見えるようだ。洪奎もそうだったろうが、壽寧翁主にとっても、娘を奪われるその瞬間は、自分の命を奪われるのと同じ感覚であっただろうし、自分の持っているすべてが失われるように思ったにちがいない。それより何より、矜持《プライド》を失ったように思ったのではないだろうか。痛入骨髓……。絶望し、ぽっかり開いた土の中に頽れるようにして閉じこもってしまった王家の女性の姿が見えた。その女性は、死ぬ日まで娘に会うことはなかった。

「今日は私が話すわね」

手の大きい人と付き合っていた頃、いつも彼の話ばかり聞いているわけにもいかず、時々は彼女も何か話さなければならなくなることがあった。

「昔、ものすごくおかしな病気にかかったことがあるの」

書いている論文のせいで疲れてしまっている彼は、彼女の話が始まっていくらもしないうちに、すやすやと寝息を立てはじめた。彼女の言葉は手の届かない所へ飛んで行き、ひとりでにどんどん膨張していった。

「ある日突然、お腹がふくらみ始めたの。十五になったばかりの子のお腹が日に日にふくれていくのを想像してみて。どんなにみっともなかったか。いくら少なく食べてもダメで、ついには断食までしてみたの。それでもお腹はふくらみ続けるものだから、日に何度か無理に吐いたりもして。それも無駄に終わったわ。どんどんふくらみ続けて、このままいったらもしかして破裂するんじゃないかって、本気で怖がってた」

「男だった？　女だった？」

眠っていたとばかり思っていた彼が、今にも笑い出しそうな声で、しかし懸命にまじめな風を装って聞いた。

「わからないの。今もそれが気に掛かってる。イエス・キリストはどうして男性として生まれたのかしら。お腹の中にいた時は性別不明の聖霊だったはずなのに、どこでどうやって性の別を得たのかしら？　どうやって男性として成長し、女性から愛されるまでになったのかしら」

「男だったの？」

「いいえ。聖霊だったの」

彼女が子を生んだのは、十六歳になった年のことだった。二十六歳ではなく十六歳。十四の時に遅い初潮を迎え、その翌年に妊娠し、さらにその翌年に子を生んだ。折悪しくも、これら一連の出来事は、ちょうど両親が離婚問題でゴタゴタしていた頃に起こり、彼女の母親は、娘の腹がふくらんできていることも知らなかった。彼女が自分が生んだ子と一緒にいられたのは、生まれてから十日ほどでしかなかった。十日後、彼女はまだ出産後の出血が止まらない状態であるにもかかわらず、分厚い生理用ナプキンを付け、父親の家へ移っていった。「何かあったのか?」と父親は聞いたが、彼女は〈聖霊〉の話などはしなかった。

父親には話さなかったが、その後ベッドを共にした男たちには、時々その聖霊の話をしたりもした。男たちは彼女の冗談のセンスが今一つだと思っただろうが、そんなことはどうでもいいことだった。話の終わりはいつもセックスで締めくくられた。墓の中に埋められている物を研究している男とのセックスは、死と名付けるにふさわしいものだった。彼女の体にのしかかってくる男は棺の蓋のようで、のしかかられた状態で彼女は、土の中に埋められて初めて心穏やかになっていく夢を見た。絶頂に達した時に見る夢の中で、墓誌名になった自分が見えることもあった。一糸まとわぬ姿で、純潔な息遣いによって静かにささやかれる彼女の墓誌名。「生きとし生けるものはすべて、土から出でて土へと還っていくものであるゆえ、憐みや苦しみ、そして生きることを支えてきたありとあらゆる傲慢ささえも、土に還ってゆくであろう」

母は彼女と別れていた十六年の間、ただの一度も彼女に連絡してくれたことがなかった。母はそうやって一切の連絡を絶つために彼女と別れたのであり、彼女がそれを知った時は、もうかなりの年月が流れた後で、取り返しようがなかった。少ない手がかりをたよりに、どうにかして住所を知る方法はあっただろうが、彼女はそれをしなかった。母の死後に届いた手紙には、彼女の記憶の空白部分が、母の十六年が記されていた。母の人生が一つひとつ丁寧に記されてあるその手紙というのはだから、言ってみれば墓誌名のようなもので、ポルトガル語で書かれたその手紙を解読するのに、彼女は墓誌の漢字を解読した時と同じくらい、いや、それ以上の努力と長い時間を必要とした。手紙を受け取ってから彼女は、世の中にこんな無礼なことがあるかと途方に暮れた。ハングルが書けないのはわかる。しかし、英語ならともかく、何だってポルトガル語でなんか書いてくるのかと、この手紙が誰にも見せられない内容であることがわからないのだろうかと、手紙を書いた人の配慮のなさにあきれたのだった。しかし、もしかしたら手紙を書いたその人は彼女以上に誰にも代筆を頼めない状況であったのかもしれなかった。墓誌名のようなその手紙には、母の名前も記されていた。パビアンヌ。それが彼女の母がブラジルで使っていた名前だった。

離れてからすでに久しいあなたの住むその国を、母が懐かしがっていたこと、私はよく知っています。一度もそれを口にしたことはありませんでしたが、母の、母国を想うその気持ちは、永遠に癒えることのない病でした。海辺で座るときも母は、海に背を向けて座っていました。母にとってブラジルの海というのは、目の前にありながら、自分が後にして来た国のさらに向こうにあるほどに遠い海を意味していたのだと、今ようやくそれが理解できたように思います。そして、ある年の私の誕生日の夜に母が流した涙についても、今は理解できます。私が生まれたこと、それは母にとって悲しみだったのかもしれません。けれども母は私を愛してくれました。あなたにどうしてもこのことだけは伝えたい、この手紙を書いたのは、そう思ってのことです。

手紙を書いた子の年齢は十六歳。数え年ではなく、その国では満で数えるのだから、彼女と母が離れていた年数と同じということになる。彼女にとってそれは削除された歳月であったが、その子にとってはその十六年がすべてだった。この子は返事を待っているのだ、彼女はそんな気がした。しかし、どうやって返事を書けというのだろう。ポルトガル語など、彼女は一言も知らないというのに。

彼女は、記憶の中にある母の最後の姿を思い浮かべてみた。ブラジルの海で、海を背に座っている母の姿が、彼女の記憶の中の母と重なった。十七年前、父と別れた後の母は、部屋に寝そべっていても座っていても、さらには食事している時でさえ、決してドアの方を向いて座らないようにしていた。それは父が彼らを棄てて出て行ったドアだった。背かれた人生には、目を向けるのも嫌だったのだろうと思う。彼女が覚えている母は、指先を針でちょっと刺したぐらいでも目を真っ赤にする女性だった。若い時は苦学の秀才として知られていたが、結局は下級公務員にしかなれなかった父が、だいぶ早い頃から家に寄りつかず、あちこちほっつき歩いている間、母は自分一人で貧しさと侮蔑に立ち向かわなければならなかった。田舎の小学校の先生の娘として生まれ、分不相応にもピアニストになることをずっと夢みていた母。貧しさはそれだけで十分耐えがたい屈辱だったが、時には侮辱されることが貧しさ以上に耐えがたい苦痛となることもあった。幼い彼女をおぶって夕食の買い物に出かけた母が、値段交渉するための些細なやりとりがきっかけで、魚屋の主人と喧嘩になった時のこと。大柄で、腕が太ももほどもある魚屋の主人は、出刃包丁を振り回しながら全身で口汚く罵っているのに、母は顎に手を当てて立ちつくすばかり。それが母の闘い方だった。侮蔑に打ち勝つ方法は、忍耐しかなかった。たとえその魚屋が市場の中で一番安い店であり、その時母の懐には凍太《トンテ》（冬の凍ったスケトウダラ）一切れ買うぐらいのお金しかなかったとしても、母はその魚屋の主人を無視して蔑むことはできた。けれども、母が負けたのは侮蔑に対してではなく、貧しさに対してだったから、とうとう母は魚屋が床に放り投げた凍太の切り身を、腰をかがめて拾い始めたのだった。彼女が覚えている母は、表情一つ変えずに腰をかがめて床に散らばった凍太を拾い上げる神経の太い女性であり、家に帰る道では、誰が見ていようが真っ直ぐ前だけ向いて歩く毅然とした女性であり、毅然としたその表情で、背中におぶった彼女にだけ聞こえるように、ありとあらゆる罵詈雑言を絶えずまくし立てる、この世に二人といるとは思えないがらっぱちの、それでいながらか弱くもある、そんな女性だった。

父が家を出て行った後、母は彼女を連れて自分の故郷を訪ねた。美しい所もなく、楽しくもなかったその旅行の数日間、彼女は食べ物をほとんど口にせず、食べる物を目にした途端、吐いてしまうものだから、母をずいぶんと煩わせた。自らの不幸に圧倒されそうになっている瞬間にも、母親はやはり母親であった。食べ物を受け付けない子を目の当たりにすることほど親にとってつらいことがあるだろうか。彼女が病院に行きたくないと言って聞かないので、薬局へ行き薬を調剤してもらったが、それも彼女は全部吐いてしまった。娘が食べないのは、両親の離婚に対する抗議に他ならないと考えた母は、娘の食器を取り上げ、中身を真鍮の器にごわっとあけ、そこへさらに自分の分も追加して混ぜ合わせた二人分の米を、毎食たいらげた。その頃ほど母が気を強く持たなくてはと思っていた時期はなかったに違いなく、同時に、あんなに母が弱っていた時期もなかったと思う。夜になれば母は一人で出て行って酒を飲み、焼酎のにおいをぷんぷんさせながら帰ってくると彼女にこう言った。「あんた、私がいなかったらどうする？　私がいなくても生きていける？」すると、布団をぐるぐる巻きつけて座っていた彼女が投げつけるように言った。「それが母親である人の言うことなの？」母が酔っぱらって眠ってしまうと、今度は娘が、隠しておいた焼酎の瓶を鞄から取り出し、つまみもなしにがぶがぶ飲んだ。

　母の故郷は慶州だったが、両親は早くに亡くなっていたし、兄弟たちはみな移住してしまっていたため、故郷とはいうものの、血縁関係にある人たちはほとんど残っていなかった。訪ねていくことができたのは、父の従兄弟、父の兄弟の息子や再《また》従兄弟たちだったが、それも全部回り終えると、もうすることがなかった。母娘《おやこ》は、空白になったその長い時間を歩くことで費やし、陵（王や王妃の墓）を見て回った。市内の中心ではなく、郊外にあるさほど大きくない陵の前で、母娘は一緒に写真も撮った。ポラロイドで撮った写真の像が次第に浮かび上がり、色と形がはっきり顕れた時、彼女は自分と母ではなく、その背景に映った陵を指さして聞いた。「この中に何が入ってるの？」。母はすぐには答えなかった。指先を針で刺した時みたいに、母の目に赤みが差した。母はしばらくしてようやく答えた。「死んだ人の物が全部入っているんだよ」

「死んだ人も？」

「ううん。死んだ人はそこにはいないの。死んだ人はね、みんな土に還るんだよ。そこに残ったのは、朽ちたり腐ったりしなかった物なんだろうね、きっと」

例えば、石。千年の月日が流れても腐敗しない物……。石の記録。

壽寧翁主は、王家の陵には埋めてもらえなかった。だが、墓誌は残った。それは京畿道開城《キョンサンドケソン》から出土し、日帝時代までは李王家博物館に所蔵されていた。彼女が初めて手にした拓本の複写本にはそう書かれていた。しかし今は――。その所在は明らかでない。どこへ行ってしまったのか。細かく砕かれて土に還って行ったのだろうか。あるいは、どこかの好事家の倉庫で、今も古い土のにおいを発しながら、依然沈黙を守っているのだろうか。

母はここで二度結婚しました。一度目はクリーニング屋を営む韓国人と、二度目はそのクリーニング屋にいつも洗濯物を預けていたブラジル人とでした。母は死ぬまでずっとクリーニング屋で働きましたが、母が洗った衣類はどれもこれも真っ白で、あんなに真っ白に仕上がった衣類は、これまでに一度も見たことがないと周囲の人たちは言います。いつでも元気いっぱいの、活発な人でした。よく激しい口調で罵っていましたが、そうやって罵られたことで不快感を示す人はほとんどいませんでした。ある時、何をしても取れないシミに苛立った母は、そのシミの部分を切り取って服に穴を開けてしまったのですが、服を預けた人が取りに来ると、母は謝るどころか、シミなんかつけるそっちが悪いと雑言を吐くのでした。その人が、そう、二人目の夫になったルシウでした。たった二年の短い結婚生活でしたが、彼は母と一緒に暮らす間は、頭から爪先まで、シミひとつない服を着て過ごすことができました。二度とも、成功したと言えるような結婚ではありませんでしたが、母の葬式には二人とも出席してくれました。その葬式の席でのことです。ブラジル人の夫の方がより激しく泣いて、母のことを韓国語ですれっからしと呼んで悼みました。すると、ブラジル人たちは一斉に泣き声をあげ始めたのですが、韓国人はみな一斉に表情を強張らせて沈黙してしまった、という場面がありました。私がなぜこんな話をするかというと、私たちの中には、誰一人として母をすれっからしとか何だとか、そんなふうに思う者はいなかったということをお知らせしたかったからです。母のブラジル人の夫であるルシウは、葬式の当日まで、その言葉がどんな意味であるのか、全く知らなかったのです。母は、喧嘩するときや悲しい時はもちろんのこと、とても気分の良い時ですら、あなたは誰かと問われれば、「私はすれっからしよ」と答えていました。母がどういう理由《わけ》で誰に対してもそんなふうに答えることにしていたのか、私にはよくわかりません。ただ一つ言えるのは、母の人生は、ユーモアにあふれていたということです。自分自身を慰めるために言っているのか、あなたを慰めるために言っているのか、なんだか自分でもよくわからなくなりました。末筆ながら、あなたの人生が安らかであることをお祈りいたします。

これが母の十六年。では、彼女の十六年はどうだったのだろう。彼女は四、五人の男性と数えきれないほどセックスをし、そのうちの二人と恋仲になり、少なくとも一人とは結婚寸前の関係にまでなった。彼女は、ソウルにある大学を卒業し、大学院に通い、ホームショッピングの会社に何年か勤めた。大学二年の時に盲腸炎にかかって手術をし、もうすぐ卒業という頃になって、大酒してころび、左の眉毛のあたりを八針縫ったこともあった。だが、堕胎したことは一度もなかった。彼女はコンドームを使わない男性とは絶対に寝なかった。

それから、もう一つの十六年、手紙を書いたこの子がまだ生まれる前の十六年はどうだったか。彼女は、貧しい村出身のピアノ教師である手の美しい女性と、博士になることが一生の夢だという澄んだ目をした男性との間に生まれた。結局彼女の父は大学教授になることをあきらめ公務員試験を受けることに決めたのだが、そうなるまでは彼女の母が一人で生活を切り盛りするために忙しく、彼女のめんどうを十分にみてやれなかった。彼女は、ピアノの足の間を這って回ったり、ピアノの椅子につかまるようにして立ち、母が生徒たちの手を物差しでたたくのを眺めたりしていた。時々母の、生徒をたたく手つきが、単なるレッスンを超えて暴力の域に達することもあった。二度目にたたかれる時は、生徒たちは怯えて手をさっと引いてしまうので、強く振り下ろされた物差しがたたきつける鍵盤の音だけが響いた。そのたびに母は歯を食いしばり、その歯と歯の間から幼い彼女だけが聞き取ることのできる例の雑言を吐いていた。ちくしょう、ちくしょう、ちくしょう、……と。父親が教員をしていた田舎の学校で、唯一ピアノを弾くことができる子だったという母。美しくお高くとまっていた少女時代のその母を、時の流れはこれでもかというほど無残に粉々に砕いた。それからの母は、ある部分はやわらかく、ある部分はもろく、またある部分は硬いという、まるでちぎってすいとんにする前の、こねた小麦粉のようになってしまった。結婚して娘を生み、何度か流産してしまったその間、母は弱く、怒りっぽく、そして従順だった。

父が母のもとを去り、煮え湯を飲まされた形となった母に残されたのはただ一人、幼い娘だけだったのだが、その娘は母の人生の慰めにはならなかった。彼女は当時、母には慰めが必要だとわかっていた。しかもそれが自分には果たせない役割であることも知っていた。母は毎晩出かけては焼酎を飲み、焼酎を注いでくれる男たちと、ピアノ弾きである自分の手を、これまた鍵盤を叩くようにとんとん鳴らしてくれる手の持ち主たちから慰めを得た。母の体からは、焼酎の匂いに混じって、誰だか知らない男の、精液のにおいがした。十五歳の彼女に漂ってきた、知らない男の精液のにおい。彼女は酔って眠っている母親に心の中で話しかけた。「お母さん、今度はお母さんのお腹もふくらむの？　もしそうなら、三つ辻にある産婦人科には行かないほうがいいよ。そこの医者は、十五歳の女子の体の中にあるものを、この世にあってはならない深甚な傷だと考えてはくれなかったの。だから、離婚して三カ月にもならない女の体の中にあるものだって、傷だとは考えてくれないと思うの。私がお母さんが生んだその子を育ててあげる。約束する。お母さんが私のお腹の中をきれいにしてくれたなら。そして、そのお腹の中のものをどこか遠くへ、目に触れないくらい遠くへ遣ってしまってくれたなら。そうしたら私、何でもおとなしく言うことを聞く。本当よ。天に誓うわ」

墓誌は、言葉だけでは残せない痕跡だ。一生を通じて言い続け、それでも言い尽くせなかったもの、それは石に刻まれた文章の中にではなく、その石が埋められている土の中で息づいている。死を前にして、言うべきことをついに言えなかった者たちは嘆き悲しむものなのだろうか。息子の墓誌名を口頭で述べ、それを墓誌として残すことにした英祖《ヨンジョ》は、米櫃に閉じ込めて殺してしまった息子への思いを、こんな言葉にして残した。

お前は何を思って齢七十のこの老父をこんなに苦しませるのか。

手の大きな彼がその墓誌銘を読み上げた時、彼女は自分の父親を思い浮かべただろうか。毎晩、風呂場の排水溝の前にしゃがみ込み、泥まみれになった彼女の靴下を洗っていた父を。それとも、思い浮かべたのは彼女を置いて去っていった母の方だったろうか。忘れておしまい。何でもないことなんだから。と母は彼女に言った。その翌日になると、そもそも何もなかったのに、何をどうやって忘れるっていうの？　と言い、そのまた翌日には、いったい、何があったっていうの？　と彼女に問い返すのだった。娘の腹の中から子を取り出したのは母だった。

娘の体に異変が起きているとは知りもせず、母は毎晩焼酎のにおいをさせながら遅く帰ってきたから、娘の腹の中を十カ月近くも満たしつつ育っていた生命に気づくのがあまりにも遅かった。十六歳になる娘が、陣痛のために悲鳴をあげるたび、母は娘の口をおさえながら、声を出すなと歯ぎしりするようにささやいた。人に聞かれる、聞かれるったら。真昼間のかくも苦しい出産、あれはいったい何だったのか。下半身の裂けるような痛み。いや、そうではない。あれは家中にガンガン響き渡っていたラジオの音であり、その轟音に混じる母の歯ぎしりの音であったと彼女は思う。しーっ、静かに。何でもないことよ。だから、静かにおし。

母は、赤い血の塊でしかない命を無きものにはできなかった。この命が汚れた水か何かであってくれることを、血にまみれ息もしているその塊が、ただのゴミとか沈殿物であってくれることを切に願ったのは、彼女よりもむしろ母の方だったかもしれない。見かけはつつましやかなのに、口をついて出るのは汚い言葉ばかりだった母が、その時の数日間は、いつもの汚い言葉一つ言わなかった。その頃の母がしたことといえば、昼間であれ真夜中であれ、突然ぱっと起き上がり、赤ん坊の泣き声がする方へパタパタと走っていく、それだけだった。ところが、ほったらかしにされたその赤ん坊を目にすると、母は娘のはちきれそうに腫れた乳房を差し置いて、老いた自分の乳房をくわえさせるのだった。何でもないことよ……。母は出ない乳を吸わせながらそうつぶやいた。本当に何ごともなかったのよ。

彼女に聖霊の話をしてくれたのも母だった。

「知ってる？　この世で一番偉大な母、神の母《マリア》は、童貞女だったってこと」

　母は彼女のひたいに手を置いて話した。彼女という子を生み、「偉大な母」となることもなかった彼女の母だが、その日は朝までずっと彼女のひたいに置いた手を離すことはなかった。そして呪文のように連なる言葉も、朝まで絶えることはなかった。彼女が生まれた日の喜び、真っ赤でしわくちゃな顔が放っていた無垢な光、鐘の音かと思ったほど厳かな産声、初めて寝返りを打った時のこと、よちよち歩き始めた時のこと、そして、初めて母親を呼んだ時のこと……。

　命ってね、まるごとすべてお祝いなの。あなたがもたらした喜びはね、その後私は裏切られ傷ついたけど、そういう負の要素を全部合わせて実にしたものよりはるかに大きかったの。返しても返しても返しきれないほどの喜びを、私はあなたからもらったの。あなたという存在をどんなに可愛らしく愛おしく思ったか。どんなに嬉しかったか……

　私を棄てるつもりかと彼女は母に聞いたのかどうか、憶えていない。私のお腹の中から出た聖霊をどうするのかと聞いたかどうか、それも彼女は憶えていなかった。彼女はただ、母親というものは、正当なやり方で子を守ってくれる存在でなければならないと信じているだけだ。その数日間、母の眼は、朝から晩まで赤かった。この世で最も鋭い針によって全身を刺されているかのように。

　手紙を送ってくれた子が気にしている彼女の十六年間はどうだったか。彼女は女子高校を卒業後、大学に入学し、そこで恋愛もし、夏になれば冷麺を食べ、冬になれば焼き芋を食べた。映画も観たし、気に入った服があれば買って着たし、気晴らしに踊りに出かけたりもした。このままいけば彼女は誰かと結婚するのだろうし、子も生むだろうし、生まれたその子に愛してると言いもするだろう。歳月というものは、彼女が思っているよりはるかに無神経で厚かましい。ある日彼女は、長いこと別れて暮らしていた実の両親を探し出す番組を見ていた。実の母親も泣き、棄てられた子どもも泣き、さらには司会者までもがぼろぼろ泣き出してしまう番組を。彼女がどんな生き方をしてきたか。それを考えれば、どうして彼女がその番組を直視できるだろう。生きることが何でもないわけがない。やり過ごした春、迎えた夏、また巡っては往く秋と冬。その時々の思いを歳月は素知らぬ顔で通り過ぎていく。

彼女はこの十六年の間、一度も泣いたことはなかったが、悪い夢には絶えず悩まされた。夢をみるたびに彼女は母の背中を見た。夢の中で会う母は必ず後姿で、見えるのは背中と後頭部ばかり。どんなに走っても夢の中の母に追いつくことはできなかった。一度でいいから、お母さん、と大声で呼びたかった。けれどもその悪夢の中ではいつも、彼女の口は凍りついていた。母の胸に抱かれてこちらを見つめている、幼い子の表情のせいだった。その子は静かに笑いながら、彼女に控えめにこう言った。

「ごめんね、まだ、うまくしゃべれなくて……」

「どこにいるの？」

彼女はその子にそう聞きたかった。

「どこか汚い場所に捨てられたの？」

彼女は、子が捨てられたことはなかったのだと考えたことはなかった。母がより大きな罪を着て自分をかばい、それによって初めて自分は安全なところに身を置けるようになったと信じたからだった。そう強く信じていた。

母の死後、彼女はブラジルから届いたその手紙を繰り返し読んだ。母はユーモラスな人生を生きたという最後の部分にくると、彼女はいつも息を詰まらせた。手紙を受け取る前までは、ポルトガル語などただの一語も知らなかったのだから、単語と単語をつなぎ合わせて読んだ手紙が誤読でないという根拠はどこにもない。もしかしたら手紙は、母の人生はお笑い草だったと書いてあるかもしれないのだ。けれど、彼女の翻訳が誤訳でない根拠がないのと同じように、誤訳だという根拠もない。でもどういうわけか彼女には、ブラジルでの母の人生が幸せなものであったように思えた。気分の優れない時も悲しい時も、とても気分の良い時でも、「私は悪い女よ」と言っていたという母。世の中に向かって浴びせたその悪罵から醸し出される痛快さもまた、彼女の自己満足に過ぎなかった、ということはあるにしても。

中央博物館が龍山《ヨンサン》に移転した当時、彼女は開館したばかりでごった返しているその博物館に足を運んだ。広い博物館の中にある展示室はどこも人であふれかえっていて、片時も落ち着くことができなかった。記念品を売る店でも、レストランでも、ロビーや廊下までも、来館者たちは長い列を作って立っていた。

彼女はそれでもなんとか金石文の展示室を見つけて入ることができたが、行方不明になったという記録が残っている墓誌は、拓本ではなく立派な実物としてそこに展示されていた。彼女は驚いた。何気なく掘った土の中から、まだ肉と骨が残っている死体が出てきた時ほどにぎょっとなった。世の中には誤った情報があるものだ。失踪と登場の間の時間的距離はあまりに隔たっていた。少なくとも、彼女にとってはそうだった。果たしてそれは行方不明になったことがあったのだろうか。それは在るべき場所にあった、ただそういうことだ。消えたどこかをさまよっていたのはむしろ、彼女自身の時間ではなかったか。風が痕跡を刻んだ墓誌は、「母の心」という説明書を付されて、ガラスケースの中に入れられていた。

「外敵の国、貢女として連れ去られた娘を思うあまり発病し、やがて死んでいった母の記録：貢女を国外に送り出す日になると、娘とその両親は、服の裾を握って引っ張り合い、欄干や道端に突っ伏してしまいます。泣き叫ぶうちに悲しみが募り、無念極まりないと井戸に身を投げたり縊死する者もいます。心配でたまらず気絶したり、血の涙を流して失明してしまった者もいます。このような例は枚挙にいとまがなく、それら一切を記録することなど到底できることではありません」

これは、忠粛王復位四年に、李穀《イゴク》という人物が王に提出した上訴文の内容である。忠粛王復位四年というのは、高麗一三三五年。ちょうど壽寧翁主がこの世を去った年であり、また、墓誌が土に埋められた年でもある。シャベルで掘られた土の中に、死体のすぐそばにいて、湿っぽいその土に埋められながら墓誌は何を思ったのだろう。私という存在は果てしなく続いていく。この私はすべての原因であると同時にすべての結果でもある。そんなことを思っただろうか。

その日、博物館からの帰路、彼女は手紙を土に埋めた。いつだったか、土の中に埋まっていた爪櫛を発見したあの場所、昔住んでいた町の、空地だったあの場所は、今では住宅団地になっていた。黄色みを帯びたあたたかな光をあたりに放っているその建物の中には、母親も住んでいれば娘も住んでいるのだろうし、昔、彼女の髪の毛から母が爪櫛で梳き落としてくれた、虱やなんかも住んでいるのだろう。そして、土の中にも、昔と変らずたくさんのものが埋まっているのだろう。土を掘る癖のあったあの頃の彼女が発見した物。ボールペンの芯や煙草の吸殻、柄が取れてしまって頭部分だけになった金槌。それらは千年、二千年の月日が流れ、歳月の重みがなければ何の価値もない。その何の価値もない物の脇に、彼女は手紙を埋めた。千年が過ぎた後、誰かがその手紙を発見したなら、その人は彼女が壽寧翁主の墓誌を解読するために漢字を一字一字拾いながら読んだ時のように、その風化した文字を夜を徹して解読しようとしてくれるだろう。彼女は手紙の余白に、数行書き加えた。

「わが子よ」と言うだけでは思い尽きずに、また一文。

悲しみが骨にまで沁み入る、痛入骨髄……

その時、中央博物館の金石文室で見たものが、再び彼女の目の前に現れた。あの日、人波に押されて、一歩下がった場所で彼女はそれを見ていた。展示用のガラスケースに映っている、子を胸に抱いた母親の姿を。展示室の中にいる大勢の人の中に子を抱いている女性がいたっておかしくはない、そう思って彼女はあたりを見回してみた。両の腕に子を一人ずつ抱え、お高くとまるでもなく、か弱くも浅薄そうでもなく笑っているその女性は、たくましいその腕を振りながら、人々の間を通り抜け、ガラスケースの中へと入っていこうとしていた。人生最後の十六年を、性悪女として過ごしながら、誰一人彼女を性悪女だと思った人はいなかったという彼女の母親、チョ・ドンオク、パピアンヌだった。

＊この作品に引用した墓誌の解釈は、韓国古典翻訳院の韓国語訳を参考にしました（著者）。

その日

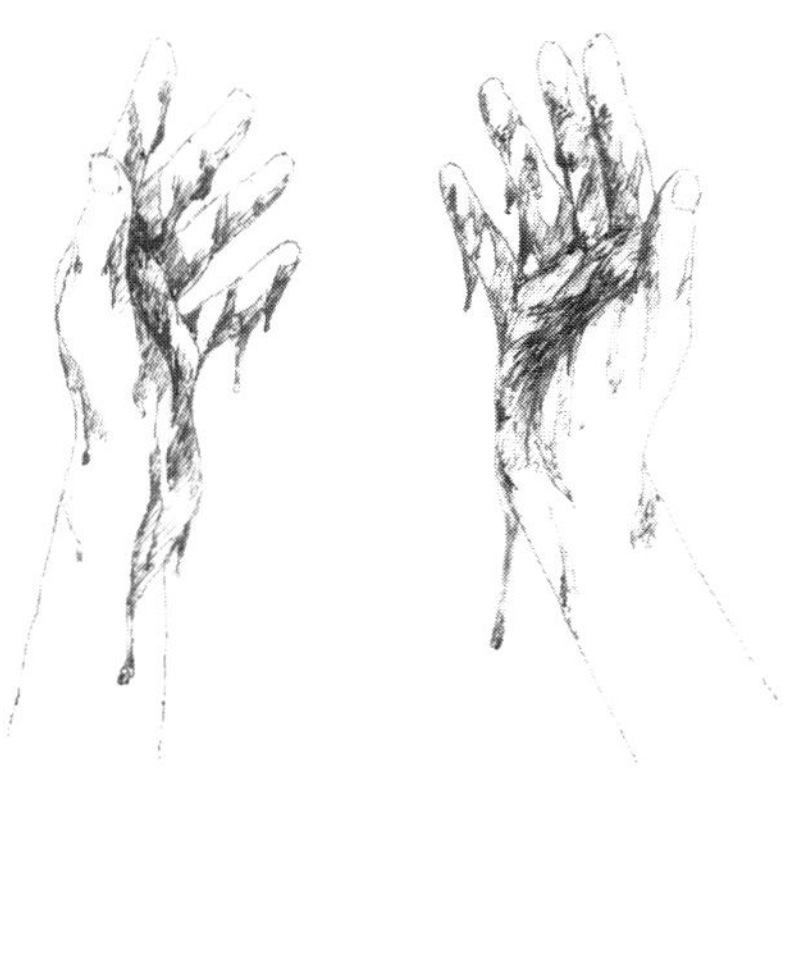

1

その日、一人の人間の手が赤く染まった。刀を研ぐ者の手だった。刀は冷たい砥石の上で切れ味の鈍くなった刃を立てているが、刃より手の方が先に、流血を予測していた。重要なのは刀の刃ではないことを、その手は知っているようだ。その手を染めるのは誰の血であるのか、それはまだわからない。この刀によって流れる血がいかほどになるのか、それも今はわからない。刀を研いでいるその人が知っているのはただ一つ。この刀でケリをつけるべき時が来た、ということだけだった。

2

聖堂の扉が開くと、正午の日が差し込み、風が残雪をともなって吹き込んできた。追悼会が開かれている間、暖炉のすぐそばで汗ばむほどだった体の火照りは、その一瞬ですっかり奪い去られ、代わりに冷気が体の奥深くまで入り込んできた。聞いたこともない異国の言語が飛び交う中にいたせいで肉体は疲れ切り、入り込んできた風に身震いした。遠い国の死んだ皇帝は、もはやこの寒さも感知しないだろうし、寒さに震えることもない。死は誰にとっても哀しいものだし、誰にとっても平等に訪れるものだと、総理《チョンリ》はそう考えた。死の特殊性はむしろ、生き残ること、死んだ後にも残されるものの方にある。比利時《ベルギー》の皇帝は多くを遺して逝った。属国の広大な土地と尽きることのない資源。そればかりでなく、滅亡とは無縁の帝国まで遺して逝ったのだった。

聖堂の周辺は、追悼会に参席しようと駆けつける人力車の往来がひっきりなしで、中にはちらほら、自動車の姿も見えた。背が高く、髪の毛の色調の明るい西洋人たちは、彼らの乗っている自動車同様、どこにいても目に付いた。彼らはみな、帝国の使節として来ており、友好関係を結んでもいない、彼らにしてみれば第三国である国の皇帝の死を追悼するために集まっている。その中にはもちろん日本人もいて、人数もやはり日本人が一番多かった。

聖堂は、日本人居留地の近くにあった。いったん雨が降ればすぐに泥濘《ぬかるみ》ができるからと、一時は「泥の丘」と呼ばれたこともあった町に建てられた日本人居留地は、今では雨が降ろうが雪が降ろうがびくともせず、地面は内側を見せようともしない。おそらくこれからは、吉報も新報も何もかもみな、そこを中心に広まっていくことだろう。事実、彼のその貧しい国は、国の存在を証明しうる証拠がどこにもなかった。あらゆることがものすごいスピードで変化している。湿った土が乾く間にも、世界の半分が変わっていく、そんな時代である。

「旦那《ナ》様《リ》、お寒うございます」

総理は、人稙《インジク》（李人稙、一八六二〜一九一六。小説家）の声でようやくエンジンがかかったかのように、凍えた体を動かし、ゆっくりと周囲を見回した。彼に礼儀を尽くした後でなければ席を離れることができない者たちが、西洋人・日本人・朝鮮人の区別なく、彼の周りを取り囲んでいた。存在しない国の、もはや存在しないに等しい総理であっても、その程度の権力はあるのだった。高が知れているとはいえ、やはりその権力の及ぼす力は絶大である。総理は、高が知れているけれど完全ともいえる権力のために、彼の人生の全てを捧げていた。

「旦那様、大丈夫ですか?」

総理が挨拶の言葉をかけたりかけられたりしながら聖堂の階段を全部下り切った時、人殖がうろたえたようにそう言いながら、するりと腕を差し伸べた。総理は、人殖のそういう態度を不可解に思う。彼は常に大丈夫だとも大丈夫でないともいえるのだったから。ただ彼は少し疲れており、少しばかり寂しさを感じていただけのことで、それもいつものことだった。これまでに彼が通り過ぎた数々の死を思えば、会ったこともないベルギーの皇帝の死にことさら感じ入るのは今さらのようでわざとらしかったし、不意の死だからと落胆してみせるのも大げさに思えた。人はみな死んでいくのだ。皇帝であっても例外ではない。彼は人殖にそう答えてやりたかったが、声には出さずにのみ込んだ。

彼の人力車は聖堂の入口に停めてあった。西洋式に建てられた、朝鮮一華やかな建築物である聖堂の外には、彼の人力車だけでなく、彼の貧しい国土も、薄っぺらく広がっていた。みすぼらしい藁葺《わらぶき》の家は、ひたいを低く突き合わせながら土の中へとどこまでも掘り進んで行く人々を連想させたし、その洞窟みたいな家の中から這い出してくる子どもたちは、真冬でも綿入りの服も着せてもらえず、何かおこぼれでももらえないかと、聖堂の前をちらちら見ながら、ずるずると青っ洟《ぱな》をすすっている。綱紀が崩壊する前の時代なら、頭を刈りこまれた下衆な者たちが総理の前に姿を現すことなどあるはずがなかった。だが時代が変わると、彼らは両班《ヤンバン》の顔をためらいもせずにまじまじと見つめるようになり、両班の前で汚れた手を突き出してみせるまでになってしまった。世も末だ。のどまで出かかった嘆きを総理はのみ込んだ。むしろ末世であることを切に望んだのは、総理自身だった。

「旦那様、大丈夫ですか？」

人力車に乗ろうと足を上げた瞬間、またもや例のあの言葉が聞こえた。今度は人種の声ではなかった。私に大丈夫かなどと訊ねるのはいったい誰なんだ。訊き返したかったが、辺りに人は見当たらず、そのうち急に陽の光に目を射られた。総理はその瞬間、何かを見たと思った。人物や何かではない、何か決定的なものを。陽の光よりももっと強烈な何かを。「遠い道のりだというのに、なぜこの道を行くのか」さっきと同じ声がまた彼に問いかけた。それは声であると同時に光であり、あらゆるものを凌駕する、決定的で圧倒的な重みだった。一瞬のうちに総理は、彼に向かって走り寄る、しかも猛スピードで、全世界にも相当するような重さで彼を覆い尽くしてしまう、日蝕のような闇を見た。その後すぐに悲鳴と叫び声が続いて聞こえた。人力車夫である元文《ウォンムン》が、血を流して彼の前に倒れこんだ。鈍い痛みと恐怖が彼を襲った。元文のものだと思っていた血は、よく見ると自分の体からあふれ出ており、血を流す体に何度も接

近してくる刀も見た。何よりも決定的だったのは、その刀でまるで肉の塊か何かを切るように

切られている自分の体を見た時で、その時は思わず、信じられないような呻き声がもれた。

総理は、目の前の、今にも飛び出しそうな瞳を見た。刀のように光るその瞳の持ち主は、二十歳を超えたばかりだろうか。見るとその青年もまた全身血だらけで、血にまみれた顔の中に、ひときわ白く飛び出て見えるその瞳は、燃えるように澄んでいた。希望に満ちた、どんなこともただの一度も疑ったことのない目だった。総理もその青年と同じような時代を経て来ていた。彼にとって時代は体の外にあるものではなく、体内に、心臓と肺に、時には腹の中まで押し寄せてきたりするものだった。若かった頃の総理の目は常に醒めていて、体が眠っていても目だけはせわしなく動いていた。毎朝目覚めて感じるのは、すっきりと疲れのとれた体とはうらはらに、ずきずきと疼く目の痛みだった。それももう遠い昔の話だ。今こうして切りつけられ痛みに耐えている総理は齢五十二。天命を知るといわれる年齢、五十をさらに二年越えて生きたわけだが、それでも死ぬにはまだ惜しい齢《とし》である。ついに、弾けるように発せられた悲鳴は、高く振り上げられた刀にぐさりと深く突き刺され、単なる息になって霧散していった。日蝕の、太陽を遮る正午の日射しが、青年と総理を、その上を流れていく血を、覆い隠した。

冷血なひたいが見えた。その瞬間——どんな言葉でも説明できないその瞬間——に総理が見たのは、まるで体温の感じられない、青白いひたいだった。うなだれる寸前といえるぐらいに頭を垂れ、その娘《こ》は一心に床ばかり見つめていた。娘が息を吐いては吸うたびにチョゴリの衽《おくみ》

がふくらんで揺れるのは、そこに銀粧刀《ウンジャンド》という小さな刀の入った鞘があるからだった。今にも死のうとする瞬間、総理の頭に思い浮かんだのは、青白いひたいをしたその娘であったのか、あるいは、毎夜毎朝、よく研げない砥石の上で懸命に研いだ、もろい刀の記憶であったのか、はっきりしなかった。

その娘を居間に残して鐘峴聖堂《ジョンヒョン》（明洞聖堂）へ向かう途中の町角で、総理は子どもたちが歌うのを聞いた。総理が乗った人力車とも知らず子どもたちは、鼻水をずるずるすすりながらわめくように歌っていた。総理と総理の死んだ息子の妻、総理にとっては嫁に当たる女性とは、互いに惹かれ合っていて、思うままにふるまっているという内容の、卑夫たちの使う難解な悪罵が散りばめられてある歌だった。総理は聞こえないふりをし、総理が聞こえないふりをするものだから、他の者たちも聞こえないかのようにふるまうしかなく、ただ、人力車を引く元文《ウォンムン》の足だけが、股の間から鈴の音でも鳴りそうに早くなっただけだった。あの歌を止めさせようとすれば、朝鮮中の口のある人間をみな殺さなければならないということだろうか。できないことではないだろう。皇后は死んだ、皇帝にも力はない、統監も、自らの息子も死んでしまったのだから……。

寒い人力車の中で総理は目を閉じた。怒りと幻滅に体を引き裂かれそうになりながら目の裏に見えたのは、意外にも彼の暖かな部屋の中の風景だった。そこにはあの娘が、息子の妻がいて、墨を磨《す》っていた。その娘の指先で溶かされていく墨と、その墨の上になだれるように低く傾いた白いひたいと……。筆を握る彼の手の力が抜けたのだったか、それとも、何らかの力が加わったのだったか。筆先と文字の上を滑っていく墨の香りは、どういうわけか、刀を研ぐ時の鉄のにおいがした。

黄泉路を渡る時間とはどのぐらいだろう。短いと思ったことは一度もない。しかし、少なくとも苦悩ばかりだったこの現世での時間よりは短いのではないだろうか。現世でのことを全部記憶して持って行ったとしても、その時間より長いことはないだろう。

体がふらつくその感覚が、船の記憶を呼び覚ました。吐気、嘔吐、昏絶。船に乗るたびに彼は、海の中で宙返りさせられる気になったし、船に乗れば毎回何かを失った。一番大切にしていた物を彼はどの海で失くしたのだったろう。思い出すのはもう不可能だったし、そんな余力もなかった。記憶は、刀の切っ先で抉るように体の中に入ってきて、血が流れでていく。彼はサンフランシスコ行きの船の中で失くした物について、考え始めた。

海は果てしなかった。太陽が何度昇ったのかも、夜を何晩過ごしたのかも定かではない、歳月とも時間とも違う、何とも名付けようのない日々が、昼夜逆転しながら過ぎていった。時々は、夜は本来の夜として、昼は本来の昼として過ぎていくこともあった。日付が判然としないばかりか、昼夜の別の感覚までわからなくなっていた。横浜港から乗ったイギリス艦船、オセアニック号にいるのは西洋人ばかりで、中国人や日本人の姿は、三等室にもほとんど見られなかった。西洋人たちは朝鮮から来たこの一行と顔を合わせるたびに顔をしかめ、叫び声をあげ、あわてて後ずさりするか、鼻をふさぐかした。際限なく何度も彼らに清潔を要求していた安連《アルリョン》（ホレイス・ニュートン・アレン。駐朝米国領事館付きの医師。安連は朝鮮名）もついに疲れたのか、彼らにできる限り船室から出ないようにという礼を欠いた連絡を、声だけは丁重な調子で伝えるという事態に至った。

真夜中、彼は船窓から海を眺めた。海は空と完全に溶け合い、境目を失くしてしまったかのようで、そのしばらく後には方向まで見失ってしまった。船はもはや、海に浮かんでいるのか空に浮かんでいるのかわからず、それは彼も同じだった。一八八七年、丁亥《ひのとい》、旧暦十月、西洋人の西暦でいうところの年末、今年もあと残すところ六日という日の夜だった。安連が久しぶりに彼らの船室のドアを勢いよく開け、西洋人たちの宴会に彼らを招待した。クリスマス、パーティー。安連がはっきり発音しながら、彼らの顔をじっとながめ回した。彼らは朝鮮の両班《やんばん》であるから、男女が抱き合ってする、何やらおかしなその行為に心が動くはずもなく、粗野なパーティーに関心を見せる者は一人もいなかった。彼らは閉じ込められているのではなかった。それぞれが自らすすんで隠居しているだけなのだった。

船は結局、十九日間、海に浮いていた。その間に夜が十八回、朝が十九回過ぎていった。茫漠とした大海原を通り過ぎ、奇妙な形に絶壁が突き出している島を通り過ぎた。するとついに大陸が近づいてきた。吐気が体中に回り、揺れにも体が慣れた頃、捨てられたも同然の扱いを受けていたこの朝鮮人たち、朝鮮史上初めての駐米公社団一行は、サンフランシスコ港で降ろされた。後に総理になる、しかし当時はまだ三十歳の公社館書記でしかなかった彼は、停泊中のそのサンフランシスコ港で足をぶるぶると震わせていた。両班の気概がなかったなら、彼はその場所に踏みとどまってはいられなかっただろう。船が停まったのと同時におさらばできると思っていた吐気が、突然腹の中をまた混ぜっ返し始め、彼は何度か空嘔《からえずき》をした。しかしこれは、さらに激しい肉体的苦痛を伴う吐気の序章に過ぎなかった。まるで、目の前にあった覆いの布が裂けて現れたような新世界。それは想像していた以上に大きく、思っていた以上に不可解な所で、驚異というより恐怖というべきものだった。今まで一度も見たことがないばかりか、想像すらしたことのなかった物——例えば、港、船、自動車といった物ばかりでなく、空や地面もそうだったし、そこにいる人間までがそうだった。しかし、他の何にも増して奇妙だったのは、彼ら、そう、朝鮮人たち一行だった。彼らはたちまち道行く人すべての見物対象になり、そうなってみると、彼ら自身までもが、自らを見知らぬ存在のように感じ始めるのだった。聞いたことがあるだけで、実際に見たこともなかった黒人が近づいてきて、彼らの道袍《ドポ》（韓服、男性の略礼装）の裾を摑んだ。あわてふためいた公使が、安連を大声で呼んだ。

「安連公！　安連公！　安連！」

その場所で安連を呼ぶその声は、この上なく虚しく響いた。

「ミスター・アレン、ヘルプ アス！」

英語といえば二言しか知らないはずの、しかしそれでいながら公式通訳官であるチェヨンが、通訳官らしくアルリョンをアレンと発音し、助けてくれと叫んだ。彼らは閉じ込められてしまったのだ。彼は自分が朝鮮から最も遠い場所に幽閉されたのだということを、その時初めて実感した。

それから二十年もの長い間、彼の悪い夢の中にその瞬間は何度もしつこく現れた。彼は太平洋を渡る船の上で、吐き気をもよおしているか、港で黒人に道袍の裾を掴まれたまま悲鳴をあげているかしており、ある時などは、アメリカ大統領の前で五体投地して拝んでいたりもした。夢に誇張はあっても嘘はなかった。夢の中で彼は、どうにかなりそうなほど寂しかったし、どうしようもないほど苦しんでいた。孤独と苦痛が頂点に達するのは、空恐ろしいようなその見知らぬ土地に〈幽閉〉された彼の年齢が、たった三十でしかないという事実を自覚した瞬間だ。まだ三十、たったの三十歳なのだ。とすれば、この先二十年、その長い長い歳月が過ぎ去っていく間、彼は皇后が刺されて死んでいく様を目の当たりにし、皇帝を排除し、息子と父を順にあの世へと見送り、息子の妻と密通し、ついには国まで譲り渡した、ああした日々をまた経験しなければならないということになる。そんな途方に暮れるような二十年が、今始まったばかりだというのだから、何ともやり切れない。

ところが記憶というものは、その二十年間を順繰りに、本のページをめくるように流れていってはくれない。恐怖や苦痛は弾力性があり、その力で彼は一気に二十年後へと連れていかれた。さらに記憶はもっと深い恐怖の中へと沈んでいく。彼はこの時も船に閉じ込められている。

中国の大連港に停泊した日本の軍艦、光済號に閉じ込められ、船に揺られている。伊藤が死んだ二日後の朝だ。朝鮮の統監であり、太師であり、朝鮮の皇帝から文忠公という諡号を賜った伊藤は、中国・ハルビンで朝鮮人に暗殺された。青天の霹靂とはまさにそのことだった。そのニュースを聞いた時、彼は足から次第に力が抜けていき、立っていることができなくなってしまった。ぶるぶる震える耳に、伊藤がいまわの際《きわ》に言った言葉が入ってきた。「私を撃ったのは誰だ」。伊藤はそうたずね、息を引き取る前に二度こう繰り返したのだという。「私を撃ったりして、馬鹿なヤツだ。朝鮮は日本の怒りの的となった。愚かなヤツだ」と。彼は、伊藤を弔問するために大連に駆けつけたのだが、日本の怒りを避けられず足止めされたのだった。

伊藤の怨みを晴らすとなれば、相当数の朝鮮人の血が流れることになるだろう。伊藤の遺体を乗せた船が海に出るのを待ちながら、彼は光済號と共に延々と揺れていた。伊藤が最後に言った言葉が耳元から離れていかない。愚かなヤツ……。彼は数限りなく不幸な死を見てきた。そして彼もまた、いつかは死んでいく。愚かなヤツ……。あの伊藤ですら避けられなかった不幸な死を、彼が避けられるものだろうか。愚かなヤツ……。揺れる船の上で、彼はついに涙をこぼした。こらえきれずにあふれでるおえつは、息子を亡くし、父親を亡くした時以上に悲痛なものだった。涙は、泣き声は、慟哭は――、他の誰のためでもない、紛れもなく彼自身のためのものだ。自分が死を避けられないのなら、と彼は思う。願わくばその瞬間には少しでも苦しみから逃れられますことを、と。

その日、一本の刀が赤く、冷たく錬《ね》り上げられていた。問われれば「その日」と答えるより他ないその日、刀は冷たい水を打たれては、砥石で研がれながら火花を散らしていた。音は、彼から遠い場所ではなく、むしろ彼に最も近い場所、彼の内部から聞こえてくる。俺はこの音を生きている間中聞いてきた。総理はそう思った。記憶より先に手がその音を察知した。手は震え、そして赤く染まった。

総理は痛みを予感した。胸の痛み、抉られるような、疼くような痛みだった。何度も反芻して馴染んだ記憶が、未だ馴染みが薄く自分のものとは思えない記憶に話しかけていた。ベルギー皇帝の追悼式の朝、外套のボタンをかける手を休め、障子戸を開けてみたのは、もしかしたらその馴染みのない方の記憶、恐れを予感したせいだったかもしれない。

「旦那様、外はとても寒うございます」

極寒の朝だった。先に外に出て待機していた人稙が、厚手の外套を着た体を震わせてみせた。外はこうして震えるほど寒いのだから、どうかお急ぎになってくださいという催促の意が込められた言葉だと知ってはいたが、総理はポケットから懐中時計を取り出し、時間を見た。今発てば元文の足をさほど疲れさせずとも済む時間だった。しかし総理は結局、気がすすまない様子で寒空ばかり見つめていた。

「見てごらん、菊初《クッチョ》（李人稙の号）」

総理は人稙を呼んだ。

「よその国の王が死んだというのに、この国はこうして凍りついている。これはどうしたものかね」

「冬至月（陰暦十一月）の寒さは、何もベルギー皇帝のせいばかりではないでしょう」

「そうだろうな。この空と他国の皇帝の死とに関係などあるはずがなかろう」

人稙は総理の言葉にそれ以上答えることはなかったが、総理は自分の言葉が人稙にきちんと理解されていることをよく知っていた。人稙は開化された世が生んだ、優れた文士であったし、新しい小説を載せる雑誌と新劇を公演する劇場の主人でもあった。人稙は絶えず何かを書いたり作ったりしていた。古いものを壊し、新しいものに飛び込んでいく人稙の情熱は、権力の前に五体投地することによってついに日の目を見た。腰を屈めるのは誰にでもできることだが、誰でもが屈めるべき時を明確に見極められるわけではない。それを見極められる人間であるから、総理は人稙を信じていた。

ベルギーというのは他と違うところのある国だった。朝鮮は一八八〇年代という早い時期から、ベルギーのような国になることを夢みてきた。ベルギーがヨーロッパの中立国であるように、朝鮮もまたアジアの中立国でありたいと望んできたのだった。それが、朝鮮が存在を維持していくための唯一の方法だった。王は、皇帝になる前から皇帝としての命運が終わる日まで、世界の帝国に朝鮮が存在していけるようにと求めてまわった。中立国という言葉を初めて知った時、総理はまだ二十代だった。彼は二十五歳で科挙に合格し、二十六歳で奎章閣《キュジャンカク》の待教《テギョ》になると、同年、育英公院に入学し、西洋人から英語を学んだ。朝鮮の両班学生たちの授業態度の悪さに不満を抱いていた教師たちが、不満を言うのにも疲れはて、アルコールに手を出し、やる気を失う直前まで、彼は米国という国のことはアメリカと呼び、漢字読みでは比利時《ピリシ》、韓国式にはベギーと呼ぶ国は正確にはBelgiというのだと学んだ。彼は学ぶべき国の名前がとてつもないほど多いことにまずは驚いた。独国はGerman、英国はEngland、我羅斯はRossiya、和蘭はOlanda……。彼は「千字文」を暗記し、「孝経」や「小学」を学んだ当時に戻ったように、毎晩、西洋人たちの標準語である英語での国名をひたすら覚え続けた。その時代の、真っ暗な中で過ごした幾千夜、この数限りなくある国の、いったいどの国が最後まで存在しうるかと、彼は毎夜、気にかけていた。

ベルギーは生き残った。ベルギーは、他国の侵略を受け入れず、自らも侵略をしないという宣言によって中立国となり生き残ったが、生き残った後に黒人の領土に属国を建立し、皇帝はその属国を自らの私有財産である庭園に仕立ててしまった。それは世界一大きな庭園となったのだが、その庭園の地下には世界一多くの死体が埋められているという。皇帝は次々に殺りくを繰り返し、やがてそれにもあきてしまうと、死体をいちどきにかき集め、埋めてしまった。その墓の数は朝鮮の人口の半分近い数百万人にものぼり、それによって皇帝の力の大きさを誇示しているのだった。しかし、今の朝鮮の皇帝には、自国民を殺す力はおろか、皇帝自身を殺す力も残っていなかった。

その日の朝、どういうわけか総理は、十四年前に死んだ朝鮮の皇后のことを思い出していた。ベルギーの皇帝よりも彼女を思って心を痛めた。彼が知る女性のうちで最も強い女性であり、後にも先にもこれ以上強い女性に出会うことはないだろうと彼に思わせたその皇后は、日本人たちの刀で刺された後、ついには火で焼かれた。もしも彼女が強靭な女性でなかったなら、あるいは、その強靭さを放棄することができていたなら、彼女は何らかの方法で生き残れていたはずだ。ところが彼女は、強靭な精神力を持つ人らしく死んでいき、強靭になれないすべての人々の、どうしたら生き残れるかを知らずにただ右往左往するばかりの朝鮮人たちの虚勢と道徳と哀しみを一身に引き受けて逝ったのだった。皇帝はその時から生も死もない存在であり、強さ弱さの区別もつけられない存在になった。皇帝は存在しているのに存在しておらず、存在していないのに存在していた。皇帝は国の滅亡を証明するための、言ってみればその日まで生かされているだけの、幻のような存在なのだった。

総理の若い頃の虚勢も、もしかしたら皇后の死と共に引き取られたのかもしれなかった。その時彼はまだ若く、悲しみよりも怒りを多く抱いているはずの年齢であったが、当の本人はすでに老成しており、怒りよりも悲しみを多く秘めた人だったから。未来から差し伸べられた手が、悲しみを知り尽くしたその手が、怒りに震える若者の手を携え、悲しくもひそやかな、それでいてあたたかい道へと導いたのだ。そこには庭園があり、愛があり、彼の部屋があり、墨の香りがある。彼は一生を通じて墨を磨っては筆で文字を書くその行為を好んだし、できることなら生涯書を嗜んで暮らしたいと願うソンビだった。世界中から侮辱されることを覚悟で彼がしたことといえば、滅びつつある国をこれから立ち上がろうとしている国の足許に跪かせること、それだけだった。それは彼でなくとも誰かがしなければならないことだったが、彼以外の誰にも許されていない行為だった。

「菊初」

総理は再び人稙を呼んだ。

「小説に何ができるかね？　言葉を重ねれば重ねるほど俗っぽくなるばかりだろう。まずは詩を書くべきだ。せめて詩ぐらいは生き残らなければ。今はそんな時代だ」

人稙は声に出して笑った。総理はその笑いに含まれた軽蔑を読み取った。人稙は、日本語といえば「はい、その通りでございます、そのようにいたします」、しか知らない総理の、日本語通訳秘書だった。彼は強国の言語を習得していることでもって、力のない国の言語しか身に着けていない総理を軽視していた。総理は時の名筆に選ばれるほど流麗な書の腕前の持ち主であったが、人稙はそんなことよりも、物を書くスピードや印刷技術の方がより重要であるという態度をとった。何よりも人稙は散文の力を信じていた。開化は心に作用を及ぼす情緒的なものによって成るのではなく、物質と身体と地を掘り起こす変化であると。

「私のために詩を書いてくれないか」

人稙は今度は笑わずに総理を見つめ返した。隠喩を用いずに生きていくことのできない時代ではあったが、度が過ぎた隠喩もまた不穏なものだった。総理は凍てついた空を眺めていた。人殖が不穏に感じたのと同じように、総理自身も自分の発した言葉に不穏なものを感じていた。だがしかし――。彼は本当にそんな言葉を口にしたのだろうか。彼の首を刺そうとする者がこの世界のどこかにいて、一本の刀が研がれているかもしれないというその瞬間に、彼は本当にそんな言葉を口にしたのだったろうか。

最初の一刀が肺を貫いた瞬間、総理は風が吹き抜けていくような、あるいは水が漏れていくような、そんな音を聞いた。それは彼の体内から聞こえたのではなく、彼の手のひらから聞こえてきた。握っていた手を開いたその瞬間、あるいは、ぎゅっと握っていた拳から自然と力が抜けた瞬間に聞こえたような気がしたその音は、すぐに空《くう》に消えていった。どうだ、苦しいか。彼は自分自身に訊いてみた。二刀目、脇腹を切られると、彼は再び自問した。どうだ、楽になれたか。彼の父親は八十を越えるまで生き、その長きにわたる生涯の間、流刑に処されたこともなければ、免職させられたこともなかった。これは朝鮮の官吏としては珍しいことだった。石坡《ソッパ》・李昰應《イハウン》（興宣大院君）とは姻戚で、妻の一族に驪興閔《ヨフンミン》氏を持つ彼の父は、苦境に立たされても、軸を失ったことはなかった。父は乱世の統治者と呼ぶにふさわしい人であったが、死もまた、天寿を全うした後に自然と訪れ、いかにも安らかなものであった。彼は血の流れている自分の体を見た。もはやこの躰は血の味を知っている。彼の父がそうであったように、彼もまた両班として生まれ、両班として死んでいくのだし、流刑に処されることもないだろう。だが、躰はすでに灼熱の痛みを知ったのだ。その苦痛を予感した瞬間、躰は身震いするだろうし、さらなる苦痛を与える者を遠ざけようと、猛烈に勢いづくはずだ。生き返るにはそうするはずだ。三刀目が内臓の奥深くまで刺し込まれた瞬間、彼は考えた。生還を望む人ならば、当然そうするはずだ、と。

しかし、生き返ることができるだろうか。総理は、総理の死を熱望する者たちの、怒りが沸とうしているような怒声を聞く。死ね、死んでしまえ！　死を修飾する語に美しいものはない。あるのは、今にも破裂しそうな熱望、それだけだ。死ね、死んでしまえ！　そう喚き立てながら彼をめいっぱい突き刺しているのは、今しがた将帥に変装していた、あの熱っぽく光る眼をした刺客だけではなかった。藁葺の家から這い出してきた物乞いたち――みすぼらしく悪臭を放つ彼らが、どういうわけか、この時ばかりは少しもみすぼらしくは見えず、それどころか、純真かつ光り輝いて見えるほどだった――が、みな一様に目の玉が飛び出しそうなほど眼を見開いて、一斉に彼を刺していた。死んでいく者を見つめる、その歓喜と火焔のように燃える目を、彼は前にも見たことがあった。皇后が刺されて死に、その死体は火で焼かれた。その時彼は現場にいなかった。しかし彼はすぐに、いつも聖人顔をして歩いている、あの浪人たちの眼光を思い浮かべた。血にもさまざまあるが、わけても恍惚感を覚えるという点においては最たるものである血の味に陶然となっている倭族の浪人たちの刀と眼は、殺害可能なものすべてを、とりわけ朝鮮と名の付くもののすべてを殺したくて、歓喜し、熱狂していた。その夜、彼は必死の思いでアメリカ大使館へと走っていた。まだやらなければならないことがある。併合、息子の妻との事前の調整、皇帝の廃位……。それらやり残したことのために、彼はどこもかしこも殺意に満ちた夜の街を走り回り、唯一彼を守ってくれるであろう場所、アメリカ大使館に向かって走っていた。

アメリカ大使館は、すでに朝鮮の大臣たちであふれかえっていた。彼らは、皇后はもとより、皇帝を救うためであっても宮廷に駆けつけたりはしなかった。宮廷に駆けつけたりすれば、皇帝を救うどころか、自らの命を落とすことになることを知らない者はいなかったから、彼らは互いを非難しなかったし、自らを卑下することもなかった。彼らの考えることといえばただ一つ、アメリカというのはどの程度の強国であるのか、あの野蛮な欲情みなぎる日本と比べて、どこがどのように強いというのか。夜明けまで灯りは消えることなく、刀の触れ合うすさまじい音も静まることはなかった。その夜孤独を感じていたのは、皇后を失った皇帝ばかりではなかった。自分自身を慰める方法を知らないから寂しいのではなく、真に強いものが何であるかわからないために彼らは寂しかったし、彼もまた同じ理由で寄る辺のなさを感じていた。

孤独は孤独だった頃の記憶を呼び覚ます。ワシントン、十五番街。彼は駐米公使館の三階の窓辺に立ち、毎晩、街を見下ろしていた。二度渡米し、代理公使になった。だが、同胞もいないし、統治する必要もないような国の代理公使というのは、朝起きて固いパンを顎が疲れるほど咀嚼しながら腹に流し込み、街の瓦斯《ガス》灯がともる夜半まで、窓の外を見下ろすのだけが仕事だった。彼にはこれといってしなければならないこともなく、かといってできることもなかった。外へ出れば彼は見世物となった。子どもらは彼のかぶっている黒い鍔《つば》の広い帽子と韓服の裾に向かって石を投げつけた。朝鮮という国はどこにあるのかと訊ねる者すらいなかった。その時すでに朝鮮という国名は存在しないも同然だった。

一日中窓辺に立ち、彼は来し方を見ていた。しなければならない仕事がなかったので、時間は過去を振り返ることだけに費やされた。彼にとってその貧しい国は羞恥であり恥辱であった。しかし、彼を彼たらしめているのはやはりその貧しい国でしかないのだった。彼の権勢と栄華、そして自尊心は、ほかでもないその朝鮮という国にしかないのだった。厭悪と侮辱と幻滅に毎晩苛まれ、熱に浮かされたようになった。西洋人たちの吐く悪罵も覚えた。朝鮮の士大夫である公使は、窓辺に立ち、西洋人たちが口にするその悪罵を声に出して言ってみた。そうしながら彼は願った。彼がこうして立っているこの国が、窓の外に見えるこの国が、世界で一番強い国であってくれますように、彼が口にしたその悪罵が、世界で一番強い言語でありますように、それらが彼の力になってくれますようにと。そう願うことで彼はかろうじて眠ることができたが、孤独は依然彼の裡にとどまって冷たく吹く風の音を立てていた。

妻を失った皇帝は無力だった。妻を失う前も無力だったが、妻を失ってからは、骨の髄まで無力になった。皇帝は最初から君主になると定められた人ではなかった。君主として生まれたのではなかったにもかかわらず、君主として生きていかなければならない男性は不憫だろうか。

見ようによってはあるいは世界中の誰よりも強者だと言えないだろうか。臣下が彼を殺すために飲ませた、阿片を溶かした茶を飲んでも生き残ったし、方々からの侮辱にも打ち克ち、口に入れるものといえば西洋人が錠をかけて運んでくる食事のみという状況下、餓死寸前になりながらも生き抜いたのだから。彼は宮廷から逃亡するために、女官の駕籠に隠れ、卑賤な女のようにかがみ込んでいたのだった。皇帝はロシア公館に逃げ込むなり、真っ先に命令した。背信者どもを打ち殺せと。昨日まで最高権力者であった大臣たちは、流刑に処されるでもなく、賜薬を飲まされるでもなく、下衆たちの投げつける石の礫を頭に受けて道端に倒れたり、わらじを履いた人たちに押しつぶされたりして死に至った。金弘集《キムホンジプ》は漢陽で死に、魚允中《オユンジュン》は龍仁《ヨンイン》で死んだ。無数の命の火が、最も残酷な方法で消されていく中、皇帝はロシア公館にいて震える手でコーヒーを飲み、震える手でビリヤードボールを撞いた。至るところ死体だらけの、死臭漂う通りには、口元に腐った肉塊を付着させた肥えた犬たちがいて、誰彼かまわず吠え立てていた。

その頃、彼は毎晩のように皇帝を殺す夢を見た。皇帝は終始一貫、彼にとってすべてだったし、彼の誇りであり、未来を照らす光でもあった。しかし、夢は現実よりも先に彼を未来へと連れていった。彼の最終目的地……夢の中で彼は、実際の彼より先にそこへたどり着き、皇帝の殺人者になった。その頃、そういう夢を見て夜明けを迎えるたびに彼は何を思っただろう。自分の人生を呪わしく思ったりするのだろうか？　記憶はまるで意志を持って一人歩きするように動き、彼をどこへでも連れていく。皇帝に初めて拝謁した、青春のある一時期、その頃の皇帝は、朗らかでユーモラスな人だった。科挙合格者の中でも、彼は格別に大事にされ、皇帝は親しみを込めて彼のことを〈新来〉と呼んだ。戯れることをなにより好んだ皇帝は、彼に児戯の限りを尽くし、彼が対応に困ってひたいを地に打ち付けて困った様子を見せるたびに、顔を真っ赤にして大笑いした。その日彼はきっと、皇帝に命を捧げようと覚悟を決めたのだろう。彼は皇帝のために守旧派になり、親米派になり、次にはまた親露派になった。彼はそのたびに顔を真っ赤にするほど大笑いして楽しそうにしていた皇帝を思い出し、親しみを込めて彼の名を呼んだ皇帝の声を思い浮かべたが、記憶の方は彼の思いとは別の方へと動くばかりで、それ以上彼に熱い思いを抱かせてはくれなかった。

君主、ここにきてあなたは、ご自身の最期を私の手に委ねようとなさる……。

夢から覚めた朝、よく総理は何の表情もなくそうつぶやいた。

そうつぶやく朝にも、朝鮮にとって最も強い国、あるいは世界中で最も強いかもしれない日本の国旗は、行く先々ではためいていた。総理が日本を知ったのはあまりに遅かった。遠い国を回って歩き、世界の半分を回って歩いたにもかかわらず、彼は未だに日本には触れられずにいた。空しく過ごした時間を思うと、骨がしびれるように痛かった。焦りを感じる夜には必ず、彼はさらに残酷なやり方で皇帝を殺す夢を見た。

その日、冷たい砥石の上で刃が研がれた朝、刀を研ぐその音には、塀の向こうで吠え立てる犬の声が混じっていた。刀を研ぐ者の手は、犬たちの声に呼応するように震えていた。犬はもうすでにたくさんの死体を味わい尽くしていた。腐敗した肉塊からたった今こぼれ落ちたばかりの血の味まで、犬はその肉や血が誰のものであろうと、朝鮮人のものであれ日本人のものであれおかまいなしに口にする。刀を持った手が、犬たちのいるその通りへ出て行こうとドアを開けた。と同時に、今この時以前の古い時代が、重苦しい音を立てて閉じられた。

　連日連夜、暴力に蹂躙され続けた街が、これまでとはまた別の刀を、何の気なしに受け入れた。数限りない戦争が暴風のように押し寄せ、瞬く間に朝鮮を荒らしていった。日本は、ものものしい武器と大量の米と巨大な軍隊を率いて入ってきて、とめどなしに北進し、清へ、ロシアへと進撃した。ソウルで最も目に付くものと言えば日本軍であり、日本の軍糧米であり、日本の銃と刀であった。無慈悲な旱魃とコレラは、日本人には害を与えず、朝鮮のしがない百姓ばかりを、狙うように襲った。飢えて死んでいく者と病んで肉を腐らせながら死んでいく者たちの死臭が、通りのあちこちに充満していた。死は結局、生きている理由がない者たちの身の上にばかり起こった。彼らが死ななければならない理由というのも、生きている理由がないという、ただそれだけの理由であった。戦争で勝つこと、それが人間存在の理由であり、そっくりそのまま日本という国に当てはまった。日本はどこまでも勝ち続け、ただひたすら勝つことだけがすべてだった。

　犬たちが股に尻尾を挟んで隠し、後ずさりする。刀を持った者が通る時、犬たちは死臭よりもっと強烈な臭いを、鉄の、そしてこれから流れるであろう血の生臭さを嗅ぎ取った。犬たちは犬の本能で、刀がどんなものでも切り取ってしまうことを察していた。刀に込められた蔑みを、容赦のない残酷さを、人間より先に犬が察知していた。

刀を持っているその人は、かつては公使館だった建物と、かつてはロシア公館だった建物の前を通り過ぎた。乙巳《きのとみ》（一九〇五）年の条約以後、帝国の公使館はどこも空っぽになっていた。残ったのは日本だけ、日本しかなかった。生きているのに死んだも同然の状態になった朝鮮人たちは、水に放たれた墨汁のように流れていってしまい、通りのどこにも見当たらない。目に触れるのは日本人ばかりで、聞こえてくるのは日本人の下駄の音と軍靴を踏み鳴らす音、加えて死臭と火薬の臭いが漂ってくるばかり。偵察中だった日本の軍隊が、刀を持った人の前まで来ると銃を手に持った姿勢で止まった。

「立て銃《つつ》！」

銃身に差し込まれた剣先が、日差しを受けて真っ直ぐな光を放って輝いていた。その真っ直ぐ光の向こうに、旧時代における最大の門、皇帝の住む家の門があるのだった。

君主よ……。

総理はつぶやいた。最後の刀が彼の肺を深く刺し、口から漏れた息が虚空へ散った瞬間、いっときは彼のすべてだった君主を、総理は呼んだ。熱いものが、わっと、体の中を渦巻いていった。彼に対して児戯の限りを尽くし、顔を真っ赤にするほど大笑いしていた君主の顔が、体中を渦巻いていた。妻を失くした君主が、死んだ妻の遺品に触れながらぽろぽろ涙をこぼしていた顔も、彼の体の中に入り込んできた。何もかも失った君主が皇帝に即位した日、皇帝になりはしたものの皇帝ではいられなかった男の、哀れな顔も入り込んできた。

彼が皇帝を記憶しているように、皇帝も彼を記憶しているだろうか。君主の前でひたいを地に打ち付けていた、青春の真っ只中にいた彼を、君主を日本軍から救うため、命がけで宮廷の門を越えようとした彼を、ロシア公館でコーヒーを一緒に飲んだ彼を……。皇帝が皇帝でいてくれさえすれば、死ぬ日まで皇帝を裏切ったりしないだろう彼を、皇帝は記憶に留めておいてくれるだろうか。

最後の刀が、彼の体から引き抜かれた。血だらけになった鞘を摑んだ青年の手が、思いのほか白く、輝いていた。瞬間、総理は悟った。彼の記憶が最後まで手放さなかった嘘を。突然笑いがこみ上げてきそうになったが、実際口から出たのは、助けてくれと哀願する呻き声だった。助けて、どうか私を助けてくれ。総理は地面を這い回り、助けを乞いながら最後まで苦しく息をしながらも生への執着を見せていたが、やがて目を閉じた。目を閉じたのと同時に扉が開いた。彼の生涯のうちで、あるいは最も馴染み深い記憶であったかもしれない刀、その刀を持った手が、そこにあった。

「その刀はどうしたのかね?」

皇帝が疲れた顔で彼を見つめて言った。貧しい王族の息子として生まれ、今こうして皇帝として最期の日を迎えるに至るまで、君主は自分を守ることより国を守ることの方に腐心してきた。ところが、国を手放したその瞬間、君主は、たったひとり取り残されてしまう。彼は君主が無事であることを祈った。彼は、存在しないに等しいその国の荷を、君主の肩からすぐに下してやるだろう。

「その刀で何を刺すのかね？」

皇帝が重ねて聞いた。水底から響いてくるように、低く、静かで冷たい声だった。皇帝は、妻が刀で切られて死んでいくのを目の当たりにした人であったし、数え切れないほどの人を殺してきた人だった。さらには、大勢が自らの首を刀で切って死んでいくのを見てきた人でもある。彼が皇帝でいる限り、皇帝の臣下である者たちはどこででも死んでいった。朝鮮国を放棄できずにいる皇帝の命《めい》で、最後の救済を求めるためにハーグに送られた李儁《イジュン》は、万国の使節たちが見ている前で刀で自分の腹を切り、皇帝の臣下として死を迎えた。刀が何であるのか、それを誰よりもよく知っている人間がいるとすれば、それは皇帝ではないのか。それゆえ、刀を持ったその人は、その問いに答える必要を感じなかった。

朝鮮という国はもうないのです。だいぶ前からもう存在しなかったのです。だとすれば君主、あなたも同様なのです。

彼は鞘に手を置いた。手のひらが焼けるかと思うほど、刀が熱い。彼は自分が何を切ろうとしているのか、はっきりわかっているのだ。それは皇帝を凌ぐものであり、皇帝以上に確固として不動のものだ。刀をつかもうと力を入れた手に、疲労が押し寄せてきた。はるか遠く、世界の半分を見てきた果てに、ついに彼はここへ到達した。どうか……。彼は彼の旅がここで終わりますようにと祈った。この場面で終わってくれますようにと。彼が死んだ後でも、それは変わらないでくれますようにと。

「完用《ワニョン》!」

君主が青春時代の彼を呼ぶように、彼の名を呼んだその時、刀が空へ振り上げられた。

「天命だ!」

刀を持った人の口から、生まれて初めて日本語が飛び出した。朝鮮最後の皇帝。朝鮮の力で即位した最後の皇帝の顔の前で、刀が空を描いた。刀は、皇帝の首以上のものを、朝鮮の運命を描いたのだった。

3

「夜は明けたか?」

総理は死んだ息子の妻に声を掛けた。父親に妻を奪われ、首を吊って死んだと噂されている彼の息子の妻、つまりは彼の嫁ということになるが、その娘はいつからそうしているのか、顔を上げようとしない。夜が明けたかと聞くことにどんな意味があるというのだろう。毎日朝になれば明け、夜になれば暮れて行くというのに。彼が生きている間も、そして彼の死後も、一日はそうやって明けては暮れるを繰り返していくだろう。

「この世が恨めしいか」

答えようとしない彼女に、彼は再び問いかけた。彼女が答えないものだから、彼も言葉を継ぐことができずにいるが、彼は他の誰かにではなく、どうしてもその娘に、こう伝えたかった。毎日、時が来れば夜は明け、日は暮れるものだが、〈その日〉というような日は誰の身にも訪れるものではない。だから、お前も無事に生きていてほしい。蔑みには蔑みを、血でもって対向して来る者には血でもって返し、命がけで攻撃してくる者に対しては死でもって迎え撃て。この世の意味というのは、その時々で変わるものなのだから、この世の永遠を信じるのではなく、お前が生きているというその事実、それのみをひたすら信じて生きてほしい。

娘は依然、顔を上げずにいる。言うべきことを言えずにいるせいか、総理は疲れを隠せない。総理は目を閉じた。自分が譲り渡したせいで、もう存在しないことになってしまった国、その国の総理である彼は、目を閉じた瞬間、刀が錬り上げられる音を聞いた。それが自分の内部から発せられた、疲労のせいで出た声であるのか、あるいは自分の首を切ろうとして燃えるような熱い思いを抱く者が発する声であるのか、総理には判断がつかない。

夜が明けるたびに、総理はどきりとする。全てを蔑み尽くした者の悲しみが、激しく動悸を打つ彼の体の中で、かすかな記憶になって揺れていた。彼は生き残るだろうし、おそらくこの先長いこと生き延びるであろう。もしかしたら彼は、この世の誰よりも長く生き残るかもしれない。彼の知り得ない存在、本能的に悲しみを察知している彼の中の存在が、彼よりも先に目を伏せた。

ベルギー皇帝の追悼式が開かれた日、間もなく彼が刀で肉をそがれることになるその日、乙酉《きのとり》（一九〇九）年、旧暦十一月の第十日目は、厳冬の朔風が刺すように吹いていた。

＊

一九〇九年十二月二十二日、李完用《イワニョン》は、二十一歳の李在明《イジェミョン》が刺した刀で肺を貫かれ重症を負ったが、結局は一命をとりとめた。彼は七十三歳まで生き、刺された後には韓国併合の中心人物となった。

存命中に彼は、乙巳《ウルサ》条約に調印した。このことで国を売った乙巳五賊とされた。後に高宗の目の前で刀を振るい、皇位廃位を主導し、韓国併合の後には、日本の天皇から伯爵の爵位を与えられ、朝鮮で二つの指に入るほどの富を得、息子の妻を公然と妾として囲って暮らしているなどと、スキャンダルの的となった。解放後、彼の墓は廃墓とされ、彼の子孫たちは日本に帰化するかカナダへ身を隠すかした。しかし、生き残った子孫たちは、李完用の土地を返還してもらうための訴訟を起こし、一部勝訴した。

李完用に刀を振るった李在明は、現場で逮捕され、死刑を言い渡された。裁判当時、裁判長である杉原が、「被告同様、〈凶悪な〉人間は、何人ぐらいいるのか」と訊くと、李在明は、「二千万の大韓民族全員です」と、叫び声で答えた。彼は義挙九カ月後、一九一〇年九月十三日に収監中の西大門刑務所で殉国した。絞首刑だった。一九六二年、建国勲章大統領章が追叙された。

めまい

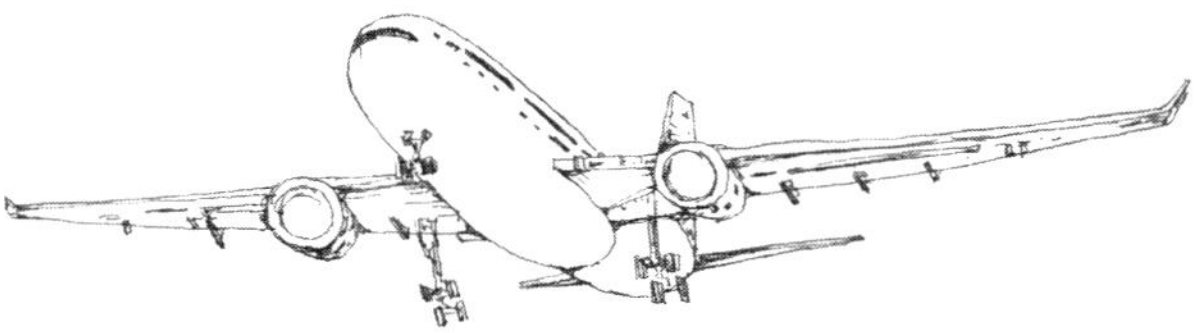

「視力が徐々に落ちていくんです。大丈夫でしょうか？　昨日などは屋上に上って一日中ずっと遠くを眺めていました。広々とした空間を長いこと眺めていれば、目が良くなると聞いたことがあるものですから。最近はできるだけパソコンを使わないようにしています。どうやら、パソコンの画面を長時間見ていたのが原因で視力が落ちたようです。前にも話しましたが、両親は二人とも視力が良いです。なので、遺伝で目が悪くなったわけではないと思うのです。レーシック手術で矯正した視力は認められないと聞いたのですが、本当でしょうか？　夢を手放さなければならないかと思うと悲しくなります。空を飛ぶこと以外の夢は考えられません。空から見下ろす陸と海と山がどれだけ美しいか、それを想像しただけでも胸が高鳴るのです」

メールの送り主である少年は十七歳。彼の娘と同じ年齢だ。一年前、娘が韓国の学校を辞める直前、彼は娘の学校からの要請で、進路相談プログラムに参加したことがあった。専門職を持つ保護者たちが、その職業に関心のある子どもたちに、「どうすればその職業につけるか」をアドバイスする、という内容のプログラムだった。担当教師が案内してくれた教室へ行ってみると、広めの教室に二十名あまりの学生たちが座っていた。大部分が男子生徒だったが、ちらほらと女子学生の姿も見えた。在学生の保護者の中にアナウンサーと芸能企画会社幹部がいて、学生たちは大挙してそちらへ行ってしまった。そのせいでそれ以外の教室はほとんどがら空き状態なのだと、案内してくれた教師が説明してくれた。だとするとそれ以外の教室にいる学生たちは、和して同ぜずの確たる信念を持った子たちということになるのだが、そう思ってちらりと向かい側の教室に目をやると、どんな専門職かはわからないが、ほんの五、六人の学生が座っているだけだった。娘はどんな職業に関心を持っているのだろう。彼にわかるのは、娘が彼の教室に現れることはないということだけだった。

彼にメールを送って寄こした、パイロットになるのが夢だというかの男子学生は、「和して同ぜず」組の一人としてそこにいた。「成績が悪くてもパイロットになれるでしょうか？」男子学生にそう質問されると彼は少し答えにつまり、もう一度、どんな科目の成績が悪いのかと問い返した。すると、「数学と英語が……」と言ったきり、しばらく男子学生は言いよどんでいたが、実は、国語と社会も成績が悪いのだと付け加えた。その途端、教室にどっと笑いが広がった。男子学生は、恥ずかしそうにするでもなく、ただ白い歯を見せて皆と一緒になってハ、ハ、と笑った。成績が悪くても大丈夫、心配いらないなどとは絶対に言ってはならないとわかっていたので、彼は話題を変えて応対した。「試験問題がよく見えなくて、それでうまく回答できないってことはないかな？　視力は？　眼鏡をかけても視力が一・〇以下の人は、たとえ英語数学が満点だったとしても資格がないんだ。そういう人は、最初から飛行機の操縦ができないことになってるんだよ」

「夢を手放さなければならないかと思うと、悲しくなります」

男子学生が送って寄こしたメールの一節が頭から離れない。他の理由ならともかく、単に視力が悪いというだけで夢を奪われてしまう、十七歳の少年にとってそれはこの上なく残念なことだろう。また、視力だとか血圧、あるいは憂鬱症、そういったことのために生涯働く機会を失ってしまう、そういう四十七歳の男性の人生もまた過酷なものだ。四十七歳の男性は十七歳の少年のように、「夢を手放さなければならないかと思うと、悲しくなります」と言えるものではないのだから、なおさらに。

その頃、彼は何かあるごとに夜の街を歩き回った。眠りたくても眠れない日が多くなり、そんな日には無理に眠ろうとせずに近所を歩いてみようと思って始めたことだったのだが、時には必要もないのに使い捨てのカミソリでも買おうかと、駐車場を通り越した先にあるコンビニまで足を延ばしてみたりもした。新しく引っ越した新都市は、大半がまだ建設中で、彼同様に夜になっても眠れないと見える砂埃が、あちこちで舞っていた。工事現場には、鉄筋や木材の山ばかりあるのではなかった。まだ十五歳になるかならないかの子どもたちが、野良猫のように建物の片隅に隠れていた。偶然にも目が合いでもしようものなら、子どもたちは白目をむき出しにして悪態をつき、すかさず発作かと思うような笑い声を響かせる。子どもたちの周りには、タバコの吸い殻や酒瓶、脱ぎ捨てられた煽情的な色のストッキング、かかとのすり減った靴などが散らばっていた。

月に何度か、彼は空の上で夜を過ごした。大陸間を横断する夜間運行は、容易ではない。航路機長に操縦席を譲り、ファーストクラスの座席まで行って足を伸ばしている時だったり、操縦室のバンカーで一息ついて背を凭せ掛けている時であっても、いつなんどきでも、彼は自分が空中に浮かんでいるという事実を忘れるわけにはいかなかった。そうやって緊張するたびに彼の眠りは浅くなり、頭の中は思考で膨れあがる。ありとあらゆる思考が脳内で虫のようにひしめき合っているようで、もしも頭にも蓋があるなら、その蓋を開けて中に入っているものをすっかり取り除いてしまいたい気分にかられるほどだ。これは不眠症の初期症状だが、そういう状態が長く続くと今度は、頭の中の思考は膨れ上がるのをやめ、逆に次第に真っ白になっていくのだった。彼はぐるぐると果てしなく何かを考え続けるのだったが、ふと、今何を考えているのだったかと思って我に返ってみたりもする。だが、いくら振り返ってみても、ほんの少し前に考えていたことでさえ、もう畳んでしまい込むことに没頭している自分がいるばかりなのだった。彼は無理に眠ろうとはせず、副機長の背中越しに暗い空をただ眺めるなどして過ごした。初めて操縦桿を握ってからもう二十年以上にもなるが、空の上での錯視に悩まされることが完全になくなったわけではない。夜の暗い海は空に見えることがあったし、空は巨大な口をあんぐりと開けている真っ黒い海に見えたりした。その錯視を貫くように朝日が近づいてくる瞬間は、いつ見ても壮観だった。レイバン（サングラス）を掛けてはいても、夜過ぎて東へ向かう飛行機がぶつかっていく太陽は、いつ見ても強烈だったし、異常なほど熱かった。

「なあ、火の犬《ブルケ》の話を知っているかい？」

副機長のチョ・ミョンジクが初めて彼と一緒に夜間運行をすることになった時のこと。睡魔と必死に闘っているチョ・ミョンジクに、彼はある童話の一場面を話してやった。ある日、夜の国の王が、飼っている犬に向かって太陽を持ってくるようにと命じた。犬は太陽を持ち帰ろうと齧ってみた。しかし、あまりに熱くて一度咥えた太陽をすぐに放してしまった。そうさ、そりゃあ太陽だもの、熱かっただろうよ。落胆して帰ってきた犬に、王はこう命じた。「熱くて持って来られない？　なら、今度は月を持ってこい」犬は月へ行く。そしてまた齧ってみる。ところが、今度は冷たすぎて持ち帰るのをあきらめてしまう。そうさ、そりゃあ月だもの、冷たかっただろうよ。彼が話している間に、日の出が始まった。チョ・ミョンジクは、感嘆の声を上げる代わりに、「その犬、歯がすっかり抜けてしまっただろうね」と返して寄こした。どんな時も真面目な態度を崩さないでいる彼も、この時ばかりは笑わずにはいられなかった。

彼自身受け入れたくないことだが、不眠症が始まったのは確か、妻と娘が出国した後のことだったと思う。妻が娘の教育のためとアメリカに行ってしまうと、彼はそれまで自分たちが住んでいた家の広さを初めて実感した。妻が韓国を後にして三日後、彼はニューヨーク行きの飛行機を運航し、会社が指定したホテルに泊まる代わりに、妻と娘の家で二日間を過ごした。子どもの通う学校に近い場所という条件で家を探したため、ニューヨークのその家は、空港から車で二時間以上もかかるような遠い場所にあった。十四時間も空を飛び、その上さらに車で二時間移動すると考えるとあまりいい気持ちはしなかったが、それでも家族のいる場所へ行くのは当然のことで、疑いの余地はなかった。仁川空港で降りて向かう先が家であるのと同じように、ニューヨークの空港でも降りて向かう先は家族のいる場所でなければならない、彼は当然のようにそう思っていた。タウンハウスの小さな庭の門が開き、妻と娘が走り出てきた。厚かましいことではあるが、韓国にいた時には完全に忘れてしまっていた〈家族〉とか〈幸せ〉とかいう単語に、鼻がツンとなった。その二日間、彼は生まれて初めて家族と一緒にピクニックに出かけた子どもみたいに、妻と子の手をずっとつかんでいた。妻と子と別れ、帰国するための飛行路線に再び足を踏み入れた時、彼は泣きたい気持ちでいっぱいだった。ピクニックは終わったが、妻と子だけが家へ帰り、彼は夕暮れ時の街に一人ぽつんと取り残されてしまった、そんな気分だった。

「どこでも一緒に住めばいいってものでもない。どうにかこうにか着陸してはみたものの、着いたその先もまた窪地だったらどうする？　長くは持たないだろうね」

妻と子をアメリカに行かせることに決めた時、先輩の機長が彼にそう忠告した。先輩の忠告はどうやら当たっていたようで、家族と再会して共に過ごした時の感動は長く続かなかった。妻と子が新しい生活に急速に適応していくのとは反対に、彼はその慣れない生活に嫌気が差してきた。妻と子がいるからといって、世界中どこでも「家」になるとは限らないのだということを、彼は不快さと罪の意識がないまぜになった気持ちで悟ったのだった。ニューヨークの家で妻の隣に横になっている時も、彼の耳元では、飛行機のエンジン音が常に鳴っていた。それに加えて、はあはあ、という息づかい……。それは歯がすっかり抜けおちてしまった犬の、彼の見るほとんどの夢に頻繁に登場するその犬のもので、犬は尻尾をだらりと下げたまま、彼を見下ろしているのだった。

　少年からＥメールを受け取った日、彼はオフラインでも郵便物を一通、受け取った。CAVE《ケイブ》 CLUB《クラブ》という所から来た郵便物だった。白い角封筒に、彼の住所と名前が印刷されたラベルが貼り付けてあるその郵便物は、彼が新しく引っ越してきた新都市マンションの、第一回目の管理費明細書と共に郵便受けに入っていた。妻と子と一緒に住んでいた家は賃貸に出し、空港に近い場所に小さな部屋を得たのだったが、それからいくらも経っていなかったので、郵便物が届くとは思ってもいなかったときだった。彼は役所に転入届を出しただけで、その他の誰にも新しく引っ越した場所の住所を教えていなかった。それなのに封筒には、住んでいる本人もまだ記憶していない番地とともに、彼の名前が正確に記されていた。出勤途中、重い飛行用カバンを郵便受け脇の壁に立て掛け、彼は封筒を開けてみた。一週間後に予定されている、定期集会の案内状だった。彼はケイブクラブという場所について、何一つ知らない。もしも彼がそのマンションの最初の住人でなかったなら、彼の前に住んでいた人が偶然にも彼と同姓同名だったと考えることもできる。誰かの住所を突き止めることぐらい、今の時代そんなに難しいことではないのだから、別段不思議がることでもないのかもしれない。ところが、案内状の余白には、こんな内容のメモが記されていたのだ。

〈久しくご無沙汰いたしております。お会いしたいです。ガウン〉

　端正な文字だった。彼はガウンという名前に憶えがなかったし、久しく離れて恋しく思う誰かがいるわけでもなかった。にもかかわらず彼がその郵便物を見過ごすことができなかったのは、他でもない〈会いたい〉というその一言のせいだった。もしかして……？　彼はその郵便物が、他の人に届いたのでないことを、確かにこの自分に届いたものでありますようにと、祈るような気持ちでいた。

ニューヨークまでの往復には五日かかった。彼が再び家に戻って来た時、出発した日にもと通り差し込んでおいた管理費明細書とケイブクラブの案内状は、近所の商店街のチラシや何やらに紛れ込んでしまい、目に留まらなかった。管理費を払う日が近づいていたので、彼はチラシ類の中から管理費明細書を探し出した。すると、ケイブクラブの案内状がそれにくっついてきた。彼は管理費の金額を確認するよりも先に、ケイブクラブの封筒を開けてみた。〈お会いしたいです。ガウン〉。文字は相変わらず端正な姿でそこにあり、封筒に記されてある名前が確かに彼の名前であることにも変わりはなかった。定期集会の日付は、二日後だった。

片手に旅行鞄を、もう片方の手に案内状と明細書を持って部屋のドアを開けると、居間のソファには出発した日のそのままの状態で毛布が掛けられていた。引っ越してきてから、彼はまだ家事をしてくれる人を見つけられずにいた。帰ってきたところで、出ていった時の状態のままの部屋があるだけ。その上ホコリまでが彼の歩く後に高く、低く、山をつくった。ソファの上の毛布は、ベッドでは眠ることのできない中年男の痕跡をそっくりそのまま抱え込んでいる、いわばバンカーのような存在としてそこにあった。あるいはそれを〈洞窟〉と呼んでもいい。彼はもう一度案内状を仔細に眺めてみた。ケイブクラブ……。いったい、何をする所なのだろう。その昔、彼が空士学生だったころに付き合っていた女性が通っていた学校の近くには、洞窟という名の飲み屋があった。名前だけが洞窟なのではなく、実際に洞穴を掘って作った飲み屋だった。ドアを開けて中に入ると、くねくねと曲がりくねった洞窟が現れ、その洞窟の道に沿ってテーブルが配置されていた。もちろん、窓などはあるはずもない。飲み屋のドアを開けると、マッコリの発酵臭と換気されていないトイレから流れてくる澱んだ空気や小便の臭い、それに吐瀉物の臭いなどが冷たい空気と共にわっと押し寄せてきた。それでもそこはいつでも満員で、座る席を見つけるのに苦労した。鬱積した情熱を、暗がりに隠れることでようやく宥めたようなあの時代、自分を自分から隔離することによって初めて他を許すことを知ったあの時代、その頃彼にはもう少しで付き合うことになりそうな女性がいたのだったが、その女性から別れを告げられた。彼が空士学生だからというのがその理由だった。「士官と紳士」（日本では、「愛と青春の旅立ち」というタイトルになって公開された）というハリウッド映画が大ヒットした頃のことで、その映画に海軍士官学生として出演したリチャード・ギアは、映画を観たすべての女性を虜にしたが、当時の韓国の士官学生は、士官学生だというだけで見捨てられた。彼もそういう一人だった。〈洞窟〉で彼と別れたその女性。もしかしてその女性の名前がガウンというのだったろうか。いや、それはひどく馬鹿げた考えだった。その人が突然自分に連絡してくるわけがない。時折、急に航空券が必要になったからと、知人の知人、あるいは遠い親戚まで頼って彼に連絡をしてくる人がいるにはいた。だからといって、二十年前にちょっと付き合っただけの、今は名前すら憶えていないその女性が、そんな理由で連絡してくることなどあるはずがなかった。

彼は彼が知っている女性の名前を全部思い浮かべてみた。名前をきちんと覚えている女性もいれば、そうでない女性もいて、名前は覚えているのに顔が浮かばない女性もいた。だが、思い浮かべてみたところで、女性たちはせいぜい数名にしかならなかった。思い出すことのできる女性というのはこれほど少ないものかと、彼は自分で驚いてしまった。記憶している女性の名前が少ないからといって、それが過った人生を送って来たことの証しになるわけでもないのに、彼はふと、自分の人生を空しいものに感じた。だが、そうはいっても完全に落ち込むようなことでもない。少なくとも彼はまだ、彼の妻と娘の名前を忘れたわけではないのだから。

案内状に印刷されている番号に電話をかけてみたのは、それから二日後の朝だった。ゴルフクラブをあれこれ取り揃える作業を中断し、彼はテーブルに置いてある案内状の方へ目をやった。そして、ガウンという名前をしばらくじっと見つめていた。電話をしてみた。受けたのは男性だった。ひそかに期待して膨らんでいた体から、風が吹き抜けていくのを感じた。愚かにも彼は、ガウンという名前の持ち主が男であるかもしれないなどとは考えてもいなかった。

「ケイブクラブでしょうか?」彼が訊ねると、男の声で、「何?」と返ってきた。電話を受けるのが男性である可能性を考えたこともなかったが、何? という返事が返ってくることは、それ以上に予想外のことだったから、彼はしばしの間、絶句してしまった。

「おい！」

受話器の向こうで、男がいきなり声を張り上げた。彼が驚いて受話器を耳から離して電話口を見つめている間にも、その「おい！」という声がずっと聞こえていた。彼のことを呼んでいるのではなかった。

「おい、こら、電話！　聞こえないのかよ？」

男はいったい誰を呼んでいるのだろうか。名前で呼ぶのではなしに、〈おい〉などという、侮辱的な呼称で誰かを呼ぶ声を彼は久しぶりに聞いた気がした。これではたとえ呼ばれた人が電話口に出たとしても、きちんとした通話が成り立つかどうか不安になる。それとも、タイミングが悪かっただけなのか……。そう思って彼が受話器を置こうとしたその瞬間、「もしもし？」と、女の声が、息切れとともに彼の耳元に伝わってきた。おい、という侮辱的な呼び方を聞いた時と同じくらい、女の息を切らしたその声もまた、彼を狼狽させた。「ケイブクラブでしょうか？」彼が再度同じことを訊ねると、女は「はい、そうです」と答えた。「洞窟の会員でいらっしゃいますか？」女がまだ息を切らしながらそう訊いた。彼は会員だと答えることができずにいると、女が後を引き継いだ。「会員じゃなくても……あのう……かまいません。会員だけが、集まる、会ではありませんから。まあ……、一度、おいでください。楽しめると……はあ……思います……」

一九八二年の六月。イギリス、ロンドン、クラブ・バットケイブ、ゴシックロック。そんな単語についてあれこれ教えてくれたのは、副機長のチョ・ミョンジクだった。バンパイアの服装をしてエドガー・アラン・ポーの作品を読み、サルバドール・ダリの絵画を見、スージー・スーの歌に熱狂する人たち。クラブ・バットケイブという所は、そんな人たちが集う空間だということだった。

「スージー・スーなんて、聞いたことありませんよね？　ゴシックロックの代表奏者といえばこの人になると思うのですが、死、自殺、サディズム、観淫症、ブードゥー教……。とにかく、そういうテーマの歌を主に歌ったんだそうです」

「気味が悪いね」

「私も聴いてはみたのですが、好きな歌ではありませんでした。エドガー・アラン・ポーやダリも、もしかしたらスージー・スーが好きだったかもしれませんね」

チョ・ミョンジクは、彼とは違い、軍での操縦経歴のない青年だった。彼はスチュワーデス全員から好かれており、スチュワーデスでない女性にも人気があった。パイロットだからという理由だけではなかった。彼は人を楽しませることが上手で、ユーモアにあふれ、何より重苦しさを感じさせないのが人に好かれる一番の理由だった。すべての女性がそうだったように、彼もまたチョ・ミョンジクに羨望の念を抱いていた。もし、もう一度若い時に戻れたなら、彼もチョ・ミョンジクのように軽妙洒脱に生きられるだろうか。

「そんなものを好むなんて、理解できないね。どうしてかな?」

彼が舌打ちをしながらそう訊くと、チョ・ミョンジクは体を震わせて大笑いした。もし彼が握っているのが操縦桿ではなく車のハンドルだったなら、急スピンしていたのではないかと思えるような笑い方だった。

「さあ、どうしてでしょうね。そんなふうに訊かれたら私としても答えに困りますが……。結局、主流に対する抵抗でしょうね。だけど、そういう人たちは逆に私たちにこう訊ねるかもしれませんよ。あなたたちはどうしてそんなことをするのかってね」

「そんなことって?」

「なぜ飛行機なんかを操縦する? 退屈だから? それとも私を弄ぶために? ああ、そうか、君たちもバンパイアになりたいってわけかい? ってね」

「何のことかさっぱりわからない。どういう意味かな?」

あきれ果てた彼はそう問いかけた。飛行機をなぜ操縦するのかだって? そんな質問がどこにある? 青春時代の夢、子どもの頃、「キムチャンナム、空を飛ぶ」を見て憧れたこと、空士学生時代の悲喜……理由はいろいろあるが、結局は生活のためだった。やがて来る定年、定年になるより先に危険信号を発し始めた体、篩《ふるい》にかけられた小麦粉のように、さらさらとこぼれていく記憶力、日に日に衰えていく視力……。空を飛ぶことは今も好きだが、生活のためでなかったなら、とうの昔に好きではなくなっていたはずだ。なぜパイロットになったのかという質問は今もまだ有効だろうが、なぜパイロットをしているのかという質問の有効期限はだいぶ前に切れてしまっていた。それに、なんだってバンパイアが出てくるのか？　そんな突飛な質問に答えるだけの想像力は、もうどこにも残っていそうもなかった。チョ・ミョンジクが依然、笑いながらこう答えた。

「ちんぷんかんぷんですよね？　私もそうです。世の中には私たちと異なる考え方の人たちが意外に多いんです」

彼は口をつぐんだ。チョ・ミョンジクの言葉から軽口を除き、真意だけを汲み取って聞くとに、彼は今もまだ慣れることができずにいた。にもかかわらず、チョ・ミョンジクが、〈私たち〉と言いながらそこに彼のことも含めてくれたことに、彼はいくらか慰めを感じていた。

彼はチョ・ミョンジクの後頭部を黙って見つめた。何年《いっ》のシミュレーションテストの時だったか、テストを終えて出てきたチョ・ミョンジクが、息を切らしながら、「死ぬかと思ったよ」と言ったことがあった。冗談めいたところが全く感じられない、真剣そのものといった声だった。「シミュレーションだってわかり切ってるのにさ、心臓が止まる気がした。本当に死ぬかと思ったよ」

最初、彼はチョ・ミョンジクの言っている意味がわからなかった。実際の飛行時に遭遇するであろう事態を想定してプログラミングした後、シミュレーション飛行をして受けるテストなのだから、緊張するのは当然ではあるが、恐怖感を引き起こすほどのものではなかった。それはコンピューターゲームのシミュレーションとはまったく違っていた。例えば、テスト画面に宇宙船が出没しただとか、鳥の群れがいきなり攻撃してくるだとか、そういう漫画チックな仮想現実が提示されるのではないということだ。テストは大半が現実に起こり得る危険についての問いだ。雨に濡れた滑走路、故障したランディング・ギア、突然の気流変化など……。そのテストの問いはだから、巨大な宇宙戦艦が地球に侵攻し、無差別に攻撃を加えてくるとかいう手の施しようのない状況より、場合によってははるかに恐ろしいということを、彼は後になって知ったのだった。

だが、チョ・ミョンジクのような若い人に、その怖さがわかるだろうか。つまりは、迫り来る危険への恐怖、その剝き出しで生々しい恐怖が。

「あ、そうだ。もう一つ思い出した」

チョ・ミョンジクが突然膝を打ちながら言った。

「何を?」

「バットケイブについて。バットマン・ビギンズっていう映画に出てきます。そこはバットマンのアジトなんです」

ちょっと待った。バットケイブでもなく、クラブ・バットケイブでもない。俺が知りたいのは、ケイブクラブについてなんだが……。彼はチョ・ミョンジクにそう言いたかったがやめ、その代わりに「君はどうしてそういうことに詳しいんだい?」と訊いた。そう訊いてしまってから、彼はチョ・ミョンジクが彼に「なぜ」という質問を一度もしなかったことに気づいた。ゴシックロックだスージー・スーだなんだと説明をしながら、自分よりもだいぶ年配のこの機長が、どうしてそんなことを自分に訊くのか気になったはずだろうに。あるいはそれは若いチョ・ミョンジクと彼との違いかもしれなかった。チョ・ミョンジクに、どうしてそんなことを訊くのかと訊ねられたら、彼は答えられなかっただろうと思う。だが、チョ・ミョンジクはためらわずにこう答えた。「彼女がそういうことに詳しかったんです。僕の誕生日にゾンビの格好をして現れて、僕を気絶させてしまったこともありました。ものすごく面白い子だったんですが……」。チョ・ミョンジクが過去形を使って話したことに彼が気づくまでに少し時間がかかった。可哀そうに、まだ新しい恋人はいないようだ。もしいるなら、前の彼女がと言っただろうから。

ケイブクラブの定期集会は、以前に彼も一度来たことのある、江南《カンナム》のとあるビルディングで開かれた。そこは、何年か前に彼の高校の同窓会が開かれた場所で、その時は創立五十周年を記念しての同窓会というだけあって、規模がかなり大きかった。案内状に建物の名前と略図が記されていたにもかかわらず、彼はその建物を目の前にするまでそのことを思い出せなかった。ケイブクラブについて、彼がまったく見当はずれな想像をしていたせいだった。それというのも、地下の真っ暗な空間、ひたいにヘッドランプをつけて座っている青白い顔をした人々、そして、彼らが吐き出す冷たい空気……、そんなイメージ。

彼の想像がいかに恣意的なものであったかは、建物の中に入るとさらに明らかになった。建物に足を踏み入れると、エレベーターの前には数えきれないほどの花輪が飾ってあった。その花輪には、どれ一つとしてケイブクラブという名前が記されたものはなかった。顔を白塗りにしてドラキュラ伯爵に扮した人がいるかと思えば、とにかく参席者たちは、みなきらびやかな服を着て、エレベーターが着いた瞬間からもう忙しく挨拶して回っていた。二十二階の会場入り口には、「洞窟、水、息」と、タイトルが書かれた垂れ幕がかかっており、主催はケイブクラブではなく、洞窟学会となっていた。この世に数限りなく存在する学会というものの中に、洞窟学会というものがあると聞いてもおかしいとは思わなかったが、タイトルの洞窟と水と息というのは何だろうと気になった。そこから連想されるものは、何一つ思い浮かばないのだった。もしかしたら、今のこの世界にも、迫りくる危険への恐怖というものがあるのだろうか。

会は定時に始まった。司会者が会の始まりを告げ、会長が紹介された。某大学の教授だという洞窟学会の会長は、韓国の洞窟調査の現況について話し、その基盤になっている団体を長々と列挙したが、ケイブクラブはずらずらと団体名が連なる中の最終グループの一団体として紹介された。会長が、「ケイブクラブ」と発声した時、彼は自ずと周囲を見回したが、その団体名に反応した人間は一人もいなかった。会長の挨拶は、開会の言葉というよりは演説に近く、長々しく退屈だった。隣に座っていた女性が口に手を当てながらあくびをすると、彼も下を向いてあくびをした。おそらくその退屈さのせいだろう、ひたひたと会場に迫り来る暗闇の気配には誰も気付いていないようだった。なかなか終わりそうになかった開会の挨拶がついに終わったその瞬間、明かりが消えた。こんなにあわただしく、完璧にやって来る闇に、彼は一度も出合ったことがなかった。会長が開会の挨拶を述べている間に、二十二階にあるその広い会場の全窓に遮光カーテンが下ろされたことにも気づかなかった。言ってみればそれは極めて意図的な暗闇であり、不自然に感じるほど完璧な暗闇でもあった。周りの人たちは、示し合せたかのように皆一様に息を殺していたが、彼は真っ暗闇の中で吸う空気がこれほどまでに重いことをその時初めて知った。誰かが咳をして、その音が小さく響き渡ると、それに連鎖するように何名かがまた咳をした。

重くのしかかってくるようなその闇は、いったいどれぐらいの間続いただろう。明確なのは、意図的に引き延ばされた、人為的闇だったということだけだ。耐え切れず、誰でもいいから、声を上げねばと思ったその瞬間、水音が聞こえ始めた。暗黒を突き破って流れる、冷たく静かな水の音が。意図的であることが見え見えの効果ではあったが、彼はその冷たい水音が心の中に流れ込んでくるような気がして、驚いた。暗闇が水音を背景に徐々に薄闇になっていくと、舞台の前面に巨大な洞窟のある空間が広がっているのが見えてきた。日差しが降り注ぐ中、ぽっかりと闇を見せて開いた洞窟があり、その中を川が流れていた。水音がだんだんと激しくなってきたと思うと、カメラの焦点は光の中から暗がりへと移り、再び水面へ戻ると、今度はついに水の中へと入っていった。おぼろげに照るランタンの明かりが、カメラの後を追って水中に入っていく。どこからか何の脈絡もなく小さなため息が聞こえてきた。それは彼が無意識のうちにもらしたため息だった。自分のため息を自分の耳で確認することでようやく彼は自分がため息をもらしていたことに気づいたのだった。誰かの、冷たくて湿った手が彼のうなじに触れたのだが、それは彼がため息をもらした前だったのか後だったのか、彼にはわからなかった。あわてて振り返ってみたが、そこには真っ暗闇があるだけだった。画面の中の焦点が次第に水中へと深く移っていくにつれ、室内は映像が始まる前の真っ暗闇に戻っていった。

「いかがでしたか？」

イベント終了後、彼はケイブクラブの幹事だという、最初の問い合わせの電話を受けてくれた女性に会った。女性の胸に付いている名札がなかったら、彼はその女性が誰なのか気づかなかっただろう。イベント会場での彼女の声は、湿っぽくもなかったし冷たくもなく、息を切らしてもいなかった。

「おもしろく拝見しました」

「ほんとに？」

女はそう訊き返し、一人静かに笑った。

「ずうっと別の方ばかり見ていましたね。あんなふうにあさっての方ばかり見ている人は初めてです」

えっ？　彼はその時初めて女の顔を正面から見た。もしかして、この人だったのだろうか。

俺のうなじに手を置いたのは？　最近また流行し始めた黒縁眼鏡をかけている彼女は、健康的で骨太な感じの顔つきをしていた。白く透明感のある肌ではなかったが、艶があって褐色の肌であることが逆に印象的だった。この女性に過去にどこかで会ったことは一度もなかったよな、彼はそう思った。

「洞窟には何度も入ったことがあるのですか？」

彼が話題を変えると、女の溌剌とした答えが返ってきた。

「ええ。数えきれないほど、たくさんね」

「なぜ、洞窟がそんなに好きなんですか？」

なぜという質問を口にしてしまってから、彼は、ふとチョ・ミョンジクの忠告を思い出した。「なぜと訊かれればたぶん彼らはこう訊ね返すだろうね。じゃあ、あなたたちはどうしてそんなことをするのかってね。退屈だから？　それとも私を弄ぶために？」。幸いにして女はそう訊き返したりはしなかった。

「洞窟というのは何から何までが未知なんです。完璧な暗闇でもあります。その真っ暗闇の中を、素っ裸で探りながら歩いていくようなものです。全身を触覚にして。ヘッドランプと感覚だけが頼りです。広場に出ることもあれば、川に出ることもあり、ある時は滝の流れている場所に出た、なんていうこともあります。こういうことは、実際に中に入ってみない限り分からないことです。さまざまな危険を冒し、時には命がけで、手で触り、全身で触れてみて初めてわかることなんです。これって、魅力的だと思いませんか?」

「さあ……」

女が突然笑い出した。

「私の話、信じたんですか?」

「えっ?」

「洞窟踏査というのは、かなり専門的な仕事です。私らみたいなアマチュアは、洞窟の入り口から覗き込む、それぐらいしかさせてもらえないんです。もしくは、誰かがすでに踏査済みの洞窟をちょっと見て回り、写真をいくつか撮って出てくる、私たちにできるのはその程度のことなんです」

彼の口元にも微笑が広がった。こんなやり取りのことを、〈弄ぶ〉というのなら、甘んじて耐えてみてもいいような気がしてくる。そう思ってチョ・ミョンジクのユーモアを思い出していると、女が言葉を継いだ。

「だけど、洞窟っていうのは要するに穴なんですよね」

「……」

「世界で一番高い山、一番広い大陸、それに、頑丈な岩や固い氷河の中にも、洞窟はあるんです。要するにそれは穴ですよね。この世の中に穴のないものはない、そう考えると、とても救われた気持ちになります」

穴？　彼は何となく恥ずかしくなって顔を赤らめた。女性の穴を連想したからだったか。あるいは、すっかりくり抜かれてしまった感のある、自らの人生のくぼみを思ってのことだったか。

「場所を移しましょうか。この後、ケイブクラブのメンバーだけで打ち上げがあるんです。そこに行けば、クラブの会員と知り合いになれますよ。今日はうちのクラブの、何というか、記念日のような日なんです。だから、みんな連れだってもうそこへ行ったのだと思います」

彼は尻込みしながら、打ち上げパーティーが開かれているという会場の方、窓の外を見下ろした。今にも雨が降りそうに、空はどんよりしていた。

「今日こうして来てくれたことがもうすでに会員である証しなんですから」

女が彼を急き立てた。彼は一歩踏み出した。そうさ、気にすることはない。チョ・ミョンジクは彼に、なぜと問い返すなと忠告したが、彼はなぜという質問を奪われた自分の人生を想像することができなかった。だが、今宵、特別ともいえるこの日には、そういう人生を経験できるかもしれないのだった。

イベント会場の外へ出た時は、空は若干曇っていて、予想はしていたが、それ以上に湿った空気が重たく肩にのしかかるように降りていた。イ・ウンギョンが手を挙げてタクシーを止めた。ケイブクラブの会員の中にカフェを経営している人がいて、クラブの集まりがあった後の打ち上げはいつもその店でするのだと言った。イベント会場からは少し遠く、川を渡らなければならないのだとも言った。

イベント会場を後にし、その建物から外に出るまでの間にイ・ウンギョンはかなりたくさんの人たちと挨拶を交わしていたが、彼らの中には一人もクラブの会員はいないように見受けられた。とすると、彼はいまだにイ・ウンギョン以外のどの会員にも出会えていないことになるわけだが、そのことが彼を次第に居心地悪くさせていた。彼はもう若くはなかった。彼にとって冒険とは興奮ではなく苦痛を意味したし、刺激は邪魔なだけだった。これまでに誰も発見したことのない洞窟が彼の目の前で口を開けて待っていたとしても、おそらく彼は中に入っては行かない、その程度には枯れている男だった。

「まだ発見されていない洞窟というのは多いのかい？」

タクシーの中で彼はイ・ウンギョンに質問した。橋を渡っている途中だった。イ・ウンギョンが窓の外を眺めながら答えた。

「ええ、たぶん。世の中の半分は女性ですが、その数と同じくらい多いのだと思います」

（この場合、世の中の半分の女性が意味するものは？）

「そういう洞窟を、私たちはヴァージンと呼んでいるんです」

（ならば、世の中の半分の女性たちはみなヴァージンだろうか？）彼は自分でも気づかぬうちに、笑い声を上げていた。

「君もヴァージンに関心がある？」

「未踏《ヴァージン》の地への関心は何も男性だけのものではありません」

タクシーは川を越え、漢南洞《ハンナムドン》に入ろうとしていた。日曜日の午後だというのに道はかなり渋滞しており、容易に流れてはくれなかった。向かいの車線の運転手が、車の外に腕をだらりと出しているのが窓から見えた。その手持無沙汰な腕が、一人孤独にぶらぶらと、宙で揺れ動いていた。車は長いことかかってようやく漢南洞に到着した。

「仕事は？　何を仕事にしているの？」

イ・ウンギョンの後について歩きながら、彼が訊ねた。本当は女の歳を訊きたかったのだった。女は二十代後半であるように見えたが、もしかしたらすでに三十を越えているのかもしれない。彼の娘よりは年上で、彼の妻よりは若い、それだけは確実だった。

「スポーツマッサージをしています。江南にセンターがあるんです。今度、いらしてください。サービスしますから」

彼はスポーツマッサージをしてもらったことは一度もなかったが、東南アジアに行った時には、よくマッサージ店へ通った。ツボを探し当てて押す女性按摩師の指の動きを思い浮かべた瞬間、もしかしたらこれも一種の〈穴〉ではないかという考えが突拍子もなく現れては消えていった。

「どうしてあの時あんなに息を切らしていたんだい？　今まさに走りながら電話している、そんなふうだったが」

「マッサージする時は主に腕を使いますよね？　だから、足が鈍《なま》って可哀相だと思って。センターにランニングマシンがあるんです。足が鈍ってるなと思うと、それを使って走るんです」

イ・ウンギョンが話し終わると、また笑った。

「本気にしたんですか？　ランニングマシンを使う理由なんて、体型維持のために決まってます」

「君はよく笑うね」

「不愉快でしたか？　実は、マッサージを始めてからいくらも経っていないんです。だから、体力調整が必要なんです。体の調子を整えていないと、マッサージする時に力が出ません。もともと、マッサージは兄が最初に始めたんです。兄はセンターのオーナーもしています。手が空いている時には兄が私にマッサージしてくれるのですが、プロにマッサージしてもらうと息が切れます。なぜそうなるのかはわかりません。息切れがすることもあれば、なぜか悲しくなることもあり、またある時は、世の中なんてこんなもの、そんな気分になることもあります」

イ・ウンギョンがそう言いながらまた笑って見せた。

「初めて洞窟を見て回った時も、そんな気分だった気がします。息切れがして悲しくなったと思ったら……。その時は実は、恋人と別れて一人沈んでいたんです。無念だったし、自信を失くしていたし、寂しくもあったしで……。要するに、どこかに身を隠したまま、永遠に出ていきたくない、そんな心情でした」

どこかに身を隠したまま、永遠に出て行きたくない……彼はうなずいた。そんな気持ちになったことがない人がいるだろうか。彼だって、日々生きる中、ややもすればそんな気持ちになっていたかもしれない。永遠に隠れていることほど安全な場所はないということを知っているから、それはより切実な願いとなったにちがいない。空を飛ぶことをやめられなかったのは、おそらくそのせいなのだろう。時折彼は、宙に浮かんだきり降りなくてもいい、そんな空はないものかと夢想した。

「ガウンという人を知っていますか？」

彼が最大の関心事をついに口にすると、イ・ウンギョンは足を止めた。イ・ウンギョンは肩をすくめてみせたのだったが、それがＹｅｓを意味するものなのかＮｏを意味するものなのかはわからなかった。だが、わざわざ確認するまでもなかった。立ち止まったイ・ウンギョンの背後に、カフェの看板が見えたのだった。曇った日だったので、早めに明かりが灯されたその看板には、〈ガウン、１９８９〉と書かれていた。彼は固まったようにそこで立ち止まり、その看板をじっと見つめた。ガウンという文字のせいではなく、１９８９という数字のせいだった。

１９８９は、彼のメールアドレスの末尾番号だった。Ｅメールを使い始めたのはだいぶ年をとってからのことで、ＩＤを申請しようとアルファベットを入力してみるのだったが、そのたびに重複しているため使用できないとのエラーメッセージが表示された。それで、後ろに数字をつけてみようというコンピューターの忠告に従い、彼はテンキーを押した。1、9、8、9。彼は後になって自分の無意識の中に潜んでいたその数字の不吉な意味に気が付いた。それは、すでにたくさんの人にそのＩＤでメールを送ってしまった後だった。

一九八九年は、彼が戦役に参加した年だった。彼の母が亡くなった年でもあった。そしてその年には、妻に離婚を要求されもした。結婚式を挙げて一カ月も経たないうちに寝たきりになってしまった彼の母は、亡くなったその日まで、ただの一日も起きあがることはなかった。その五年もの間、彼の妻は、情が湧いてもいない義母の下の世話をしてやり、入浴させ、床ずれを治してやらなければならなかった。軍人の彼は、家にいる時よりいない時の方が多かった。ただ家にいないというだけでなく、ややもすると彼女には見当すらつかないどこかの上空を飛んでいることもある、そういう状態だった。妻は年がら年中疲れていて、ふと見ると、病気である義母よりももっと死にそうな顔をしていた。母が亡くなった時、彼が涙をこらえきれなかったのは、悲しみのせいではなかった。重苦しかった人生から、彼はようやく半分以上解放されたのだ。その解放感、身軽さ、嬉しさがあまりに強烈で、そういう自分を責め、追い込むことでよけいつらくなってしまったのだった。自分を責める一方で運命に感謝し、しかし感謝しながらも素直には喜べなくて出口がなかった。妻が彼に離婚を要求したのは、意外にも母の葬式を済ませた直後だった。母に対してすまないとは思いつつも、彼は、これでもうすべてが終わった、よくやった、と言ってやることで妻を慰めようという態度に出た。つらい時期はもう完全に過ぎ去った。これからは平穏な日々を送ろう。母さんにはすまないが、許してもらえると思う。この五年間の君の苦労に報いるつもりで、最善を尽くすよ。これからは君のためだけに生きる。(母さんの耳にはどうか届きませんことを)

　妻は頑なだった。その頃妻は、長いこと神経を患っていた。五年もの間、起きあがることすらできない病人の世話をしてきた女性が、神経症にすらかからなかったとしたら、それは逆におかしなことだ。彼は妻を理解した。だが彼は同時に妻も自分を理解してくれなければならないと、そう信じていた。一九八九年、その年に何かから完全に解放されたがっているのは、ここから消えてなくなり、〈毎回、いつでも、常に〉帰ってくることから一番解放されたがっているのは、他でもない自分であることを妻がわかっていないはずがないと信じていたのだった。

「俺は逃げたんじゃない。彼が消えてしまったんだ。どうしようもなかったんだ」

　離婚を要求する妻に、彼はそうつぶやいた。

　ヴァーティゴ(VERTIGO)、パイロットの空間識失調、あるいは、めまい。辞書にはそう書かれてある。さらに彼が検索してみたりスクラップしておいた資料の中には、こんなことも記されていた。

・二〇〇〇年十一月一日、江原《カンウォン》道《ド》江陵《カンヌン》市、東南二十五マイルの海上で、空軍F-5E(タイガーII)戦闘機一台が行方不明。失踪直前にパイロットは二度交信をしており、その記録が残っている。

Leader Miss, Leader Miss!

戦闘機は残骸すら発見されなかった。

・二〇〇五年七月二三日夜、西海《ソヘ》と南海《ナムヘ》の海上で、二台の戦闘機が八分間隔で失踪。明くる日、西海で行方不明になったF－4E（ファントム機）戦闘機は、墜落したことが確認された。南海で行方不明になったF－5E（制空号）戦闘機の場合も、墜落したものと見られると空軍は発表した。このミステリーについてマスコミは、事故を起こしたのは、製造後三十年以上も経過した戦闘機で、老朽化が原因ならば十分に予測可能な事故であり、人災であったという分析記事をどこの新聞社も先を争うように発表したが、老朽化した戦闘機二台が、なぜ各々別の場所で八分間隔で失踪したのかについては、誰も自信を持って答えられるものはいなかった。

後日、空軍は、この両件の事故はともに、ヴァーティゴ、つまり、パイロットの飛行錯覚によるものであると結論付けた。墜落した戦闘機のパイロットらの遺体は見つからなかったが、こういった万一の事故のために予め確保しておいた髪の毛や爪などが、遺骨の代わりとして埋葬された。

一九八九年七月五日、飛行機で後ろからついてきていた彼の軍隊の同期も、「リーダーミス！」という言葉を残して消えてしまった。彼の同期というその人は、進級が早く、その年に大尉に任官した。進級の機会も逃がし、彼の乗る飛行機の後ろを追うこともできず、家族のもとへ戻ることもできなかった。

同期の遺体は見つからず、同期が乗っていた飛行機の残骸も発見されずじまいだった。同期の両親は息子の死を受け入れなかった。息子は死んでなんかいないと泣き叫ぶ彼らの声は、今も耳に生々しく残っている。一緒に行ったのに、どうして君だけ戻って来たのかと、どうしてうちの息子を連れて帰ってこなかったのかと、彼の襟をひっつかんで身もだえした。行方不明になった同期には、婚約者がいた。彼は戦役中に、再び同期の家を訪ねてみたが、彼女は婚約者の行方がわからなくなってから数カ月過ぎた後でも、変わらずその家に出入りしていた。時間が、凶暴だったあの激情をやわらげてくれたようで、同期の母親は、もう彼の襟をつかんだりはしなかった。その母親が、彼に火の犬《ブルケ》の話をしてくれたのだった。

――そうさ、そりゃあ太陽だもの、熱かっただろうよ……そうさ、そりゃあ月だもの、冷たかっただろうよ。

同期の婚約者は、彼と一緒に火の犬の話を聞いていながら、一度も彼と目を合わせなかった。かといって、どうして一人で戻ってきたのかと責めている目でもなかった。彼女の目の色はとても深く、世界中の黒い海が全部そこに入っているような気がするほどだった。

その女性の名前がガウンだったのだろうか？　そうだったかもしれないし、そうでなかったかもしれない。それからあまりに長い時間が流れ、その間に彼はたくさんのことをこぼすように忘れていった。彼が年をとってから始めたＥメール、そのＩＤの末尾に１９８９という数字を入力したのは、その年に同期を失ったからではなかった。彼の母が亡くなったからでももちろんない。一九八九年は、娘が生まれた年だった。頑なに離婚を要求していた妻の神経症をいっぺんで治してしまったのが、その時の妊娠であり、出産であった。

「そういえば、洞窟に行ったことがあったな」

カフェの前で立ち止まったまま、まだ動き出せずにいる彼は、黄色い灯りの点いた看板を見つめながら、イ・ウンギョンにそう言った。

「〈ヴァージン〉ではなかったけどね」

イ・ウンギョンのように冗談を言いたかったが、その思惑はどうやら外したようだった。だが、この時ほど冗談が必要な状況も他にあるまい。

彼は憶えていた。ある年のある日、彼は妻と子どもと一緒に洞窟の中にいた。夏の旅行地だったと思う。船に乗って入る、世界で一番長い水中洞窟であるという看板が掲げられているその洞窟は、中国の本渓にあった。船は洞窟の中に流れるように入っていく。冷たい水が船底を支えていた。いくら寒いとはいえ、真夏なんだからと、入り口で配っていた冬のジャンパーを彼らは着ないでいたのだったが、その洞窟の中は耐えられないほど寒かった。それでも船はどこまでも、どこまでも流れていく。とても静かに、冷たく、滑るように……。彼は歯をガチガチさせながら震えている子の肩を抱き寄せた。それでも寒いのは変わらない。彼は次に妻の肩も抱き寄せた。向かい側から明かりを点けた一隻の船が彼らに向かって流れてきた。妻が彼の手をつかんだ。向かい側の船に乗っている人たちは、暗がりと低い場所にある照明と寒さの中で、まるで幽霊のように静かに座っていた。少しして、娘が彼の手をつかんだ。彼ら三人は、手に手を重ね、幽霊みたいな人たちの乗った船を、幽霊のように過ぎていった。

　今、三人は夢を見ているんだよ。その時彼はそんなことを言ったような気もする。ほんの一瞬、世界の裏側に消えてしまった夢、そう、甘美な夢をね。俺たち三人が消えてしまったその少しの間にも、世界はこれだけ大きな窟《いわお》を抱えていながらも無事である、そのことを信じていればいい。この世界は、安全で満たされてはいないということ、そして、俺たちは今、ここ、この空白の場所にいるということ……、それだけわかれば十分だよ。

　雨が激しく降り始めた。カフェ〈ガウン、１９８９〉の黄色い看板が、雨粒と一緒に揺れていた。彼はもしかしたら自分は、過去のどの瞬間かで眠りに就き、まだその長い夢から覚めていないのかもしれない、そんなことを考えた。だがそれは、完全に忘れてしまったと思っていた魅力的であたたかな想像、それ以外の何ものでもなかった。イ・ウンギョンが再び彼に先だって歩き始めた時、彼はあわてて後を追った。〈ガウン、１９８９〉の青い青銅のドアノブに、彼は手をつかまれた。

山の向こうの南村には

おかしなこともあるものだ。

思い出すことといったら、その時のことばかり。どうしてだろう。亭主が死んだ時のことも、元気な息子を失った時の、あの昨日のことのような悲しみも、みんな忘れてしまったというのに。忘れたというのともまた違う。記憶のフィルムがところどころ焦げていて、これじゃあ思い出せるわけがない。だけど、あの風、耳の下をかすめていくあの風がちょっとでも吹けば、つられてその時の記憶が運ばれてくる。爪先立ちで高めの窓を開けようとした拍子に、あるいは、弱った足でベランダに立ち、はやる気持ちで息子がもう勤めから帰ってくる頃か、孫たちが帰って来やしないかとおぼつかない足取りで見下ろしたときなど、耳の下の白髪数本が微かに揺れただけで、突然、その時を思い出してしまう。おかしなことだ。それは特別な記憶というわけでもないし、そんなことはわたしの人生には余るほどなのだから、特に記憶に留めておかなくてもいいことだ。それなのに、あの風が、軽やかにそよぐ風が耳の下をかすめていけば、どういうわけか湿っぽい記憶の中でもとりわけ、あの風だけが思い浮かぶ。そうしていると、歯がところどころ抜けて萎んだようになってしまった口がぽかんと開き、今となってはもう数えることもできないくらい昔の、けれども心は完全にその頃に戻っているかのような無垢な微笑が、瘦《こ》けた頰に浮かぶのだけれど。

十一番目の子を宿した時のことだ。十八で結婚し、四十を越えるまでに、彼女は十二回妊娠した。その間の夫の不在期間――日本軍に連れていかれた数年間、他の女と一緒に暮らした数年間、国外を渡り歩いていた期間――を除けば、彼女は腹がふくらんでいなかった時期はなかったと言えるほど、休む間もなく孕んでは生んだことになる。十一番目ができる前までに生んだ十人の子どものうち、二人は生んでみたらすでに死んでおり、一人は、妊娠数カ月で血の塊になって出てしまい、二人は生後一年になる前に息を引き取った。生を得て育てた五人の子どものうち、上から三人までが皆男の子だったから、子宝に恵まれないというわけでもなかった。それだから、もう生まなくても良いと思っていた。

十一番目の子ができたとわかった時、彼女は持っていたパガジ（ひょうたんの実で作った水をすくうひしゃくの一種）を台所の床に投げつけて割った。こんちくしょう。夫に対する悪態がまず口から飛び出した。国外を渡り歩く夫が何年かぶりに帰ってきてすることはただ一つ、性交のみ。それも、野の畑に蒔いたなら豊かな実にもなろうが、今さらそれをして何になるというのか。子を生むというのは、しんどく、野蛮なことだった。糞の先っぽが押されて出て来ることもあれば、子宮脱になることもある。それはまるでむき出しになった表皮の下の真皮が床をずりずり擦っていくような、ひりひりちくちくとした痛みであり、燃えたぎる火の中に投げこまれたような痛みでもあった。それればかりではない。袴下《コジェンイ》はいつも汚物と血で汚れていて、尻を振らずとも、悪臭はまとわりついてどこまでもついてきた。それでも畑の除草はしなければならず、乳飲み子もいれば、飯粒を数えながら食べる子もいて、その子らみんなを食べさせねばならなかった。孕むたびに、十月《とつき》の間、日々悪態をついて過ごした。夫に対してはもちろんのこと、幼子たちに対しても、こんちくしょう、このやろうめがと言い、わざと言っているにしても容赦がなかった。しかし、乳飲み子がその雑言を聞いてにっこり笑うと、彼女も笑顔になった。すでに生んでしまった赤子ならそうやって悪態ついてはいてもがぶりと噛んでやりたいくらい可愛いのだが、まだ生んでいない子というのは違っていた。

彼女は茶だんすに貯めておいたお金を取り出した。大した額ではなかったが、町医者に支払えるぐらいのお金ではある。しわくちゃの紙幣と小銭を手のひらに几帳面に重ねていくと、彼女はまたも悪態が飛び出しそうになるのを必死にこらえた。金を払って子を堕ろす、そんなことはこれまで一度も考えたことがなかった。十八で嫁いできてから、二十五歳になるまで、彼女は二度続けて死産を経験した。泣きもせず、息することもない小さきもの……。二人のうち一人は、ほんの少し前まで息をしていたかのように、鼻筋に温もりが残っていた。生きた子を生むためなら何だってできた。畑の草をむしるように、自分の体だってむしってやると。踏み均す、鋤き起こす、むしり取る……、どんなことでもやってやろうと。十回も妊娠した後、四十過ぎた頃にようやく五人の子を「収穫」できたが、その前まではそんなふうに思っていた。

歩いて二時間あまりの所にある小さな医院。そこには老いて目の下が黒ずんだ医者がいて、近所の人はみな、この医者に注射を打ってもらっていた。運の良い人は病気が治ったし、運の悪い人は再起できずに黄泉路へと旅立った。いずれにせよ、注射を打ってもらったその場で亡くなったという人はいなかった。掻爬するために大きく股を開いて寝ている彼女に、医者が悪態をついた。長いこと洗濯していない袴下とよく洗っていない股から、塩っ辛いような臭いがした。手術の間じゅう、彼女は自分が発する臭いに恥じ入っていたわけではなく、それよりもよく効かない麻酔による抉り取られるような痛みの方に気を取られ、年老いたその医者の悪態にもあやしげな手つきにも気づくことができなかった。手術が終わり、再び塩辛い臭いのする袴下を身に着けようとした時、彼女は自分の太腿についているあやしい液体を目にした。こんちくしょう。悪態はでも口にしなかった。どうであれ、彼はお医者様なのであったから。

帰り道の二時間は長かった。下の穴からのジンジンする痛みはまだ生々しく感じられるほどで、虚しく生命が流れていった場所の空疎さのせいだろうか、ちょっとでも歩けば足から力が抜け、膝が曲がった。初夏。真っ昼間の日差しが、残忍なほどにかんかんと照り付けているせいで、全身汗まみれになった。畦道で子を生み、農具でへその緒を切り、その直後、まだ草取りしていない畝があれば全部取り除く。それが農家の女というものだ。彼女もそうやって生きてきた。だが、その日の家に帰るまでの二時間の道のりは、いつものように一息で畝の草取りをするようにはいかなかった。彼女は、かんかん照り付ける日差しの下、道端にうずくまり、息を整えた。そしてまた歩きはじめるのだったが、しばらく歩くとまたうずくまった。そうやって三回ほどうずくまった時、不意にひたいが冷たくなるのを感じた。やがて首筋に、その次には耳の下にも冷たさを感じた。彼女の目が細くなり、満面笑顔になった。なんていい風。こんな気持ちのいい風があるなんて、知らなかった。初めてだ、胸がすくようなこんな風は。汗に濡れて耳の下にくっついていた髪の毛が、風もろとも彼女をくすぐった。

それから少しして、彼女は再度妊娠したのだったが、貯めたお金を使って子を堕ろしてから、たった数カ月ほどしか経っていなかったから、彼女は町内のあの小さな医院に置いてきたはずの〝種〟が、再び腹の中に戻ってきたのではないかと疑わずにはいられなかった。彼女はその子を生むしかなかった。ちょうど唐辛子の収穫を終えたところだったから、お金は十分にあったが、あんな思いまでして堕ろしたのに、すぐにまた腹の中に戻ってくるのだったら、何のためにお金を使ったのかわからなくなる。生きて生まれてきた子としては六番目、死産した子も全部合わせれば十二番目になるその子は、彼女が生んだ最後の子になった。最後の子が生まれる数日前、夫は異国で息を引き取ったと伝え聞いた。にわかに鉱山に注目が集まり、常時、金を採掘しに出かける時代だったが、異国というのがどの国であるのかも知らなければ、どんなふうにして死んだのかも知りようがなかった。夫の家族たちが乗り出し、父親が留守にしている間にいっぱしの大人になった長男と一緒にその国まで行き、遺体を引き取ってきた。そうして彼女は十二番目の子を生んだ。

無益に死んだ夫を供養するための祭祀が執り行われている間、子を生んだばかりの彼女は乳飲み子を胸に抱いてうずくまっていた。その長い儀式が終わるまで、彼女は頼りになるのはその子だけとばかりに乳飲み子をしっかりと抱いていた。巫女が口寄せをした。これといって悪いことは言っていなかった。死んだ夫は、生きている時も死んだ後も同様に、口癖のように言っていたことがあるという。死んで一人行く黄泉路はとても暗く寂しい、そう言っていたと。「妻よ、君ひとり置いてどうして私だけ行かれよう……」と。巫女の口からむずかるような涙声が出るのを聞いても、彼女は泣かなかった。誤って殺す、いや、誤って殺そうにももう殺すこともできなくなってしまったその人が、死んだ後になってもまだ、冥界への旅費をどうやって捻出するか、そればかりにとらわれているというのだ。乳飲み子に対しては、この上なく不憫だと、そう言っているのみだと言う。乳飲み子という言葉を聞いて、どっと汗が噴き出してくるのを感じたが、これといって注意すべき事柄が出てこないとわかると、彼女はほっと安堵のため息をもらした。霊というものはそう簡単に出たり入ったりするものなのだろうか。そもそも入ってこなければ出て行くこともないのだし、何事も起こりようがない。では何事かが起こるというのは、どういうことか。乳飲み子が自力で立つことを覚え、よちよち歩き始め、言葉を発し始める。その後、他のきょうだいたちに比べて特別に良くも悪くもなく、似たりよったりの育ち方をするのを見ても、長いこと彼女はこの末娘が妙に気がかりで、時々曇った表情になった。それももうずいぶん昔のことだ。それから五十年余りの月日が流れた今、彼女は多くを忘れてしまった。いや、もっと正確に言うならば、大部分を忘れてしまったと言うべきだろう。憶えていることが全くないとは言わないが、記憶は記憶と切り離された意味不明のイメージになって、空回りしているだけ。あの風のこと一つとってみてもそうだ。彼女の記憶の中に、なぜあの風が入ってきたのか。末娘のことにしてもしかり。彼女はこれまでも末娘を注意深く見つめることがあったが、その目は他の子どもらを見つめる時とはどこか違っており、末娘はその目に何か格別な力を感じて怖気づいていた。

「どうしてそんな目で見るの？　不愉快よ。母さん、気が付けばいつもそんな目をしてる」

ある時まではきちんと理由があったのだろうが、九十も間近というこの歳になってしまっては、理由なんてものはみんな消えてしまうものだ。理由はあるだろうが、意味はない。誰かをじっと見つめるときの目つき、人目も気にせず口をぽかんと開け、口元にうっすら浮かべる笑み、そんなもろもろのことは、単なる習慣になってそこにあるだけ。それは、いくつもあった習慣の中で、長い歳月に耐えて残ったものだ。それらは、彼女の最後の習慣とともに、消滅するだろう。つまりは——、生きることと同義の習慣である、呼吸とともに……。

人は六十を過ぎれば自分の年齢を自分のものと感じなくなるという。六十という年齢はだから、他人の年齢なのだと。自分の歳を着実に重ね、他人の年齢、つまり六十になった頃、彼女は生まれて初めて海外旅行というものをした。年齢についてあれこれ言うのは不自然に思えるほど、彼女にとって六十という年齢はあまりに中途半端な年齢だったから、還暦を祝ってもらうのもはばかられるくらいなのに、子どもたちはお金を出し合って旅行のチケットをプレゼントしてくれた。灼熱の太陽の下には、見たこともない石像や寺があふれかえっていた。見るに値するもの、見て回るべき場所は多かったが、彼女はあちこちに立っている幾本もの樹木に心奪われた。樹木というのはこんなに高く伸びてもいいものだろうか、そう思って動けなくなった。熱帯地方の樹木は、大きくて高くて真っ青だった。まるで、あちこちからソプラノで歌う歌が聞こえてくるようでもあり、笑いさざめく声のようでもあり、侃々諤々、強い調子でまくし立てる声のようにも聞こえた。彼女はそれら樹木の中にいると耳が痛くなるのを感じたし、めまいもした。

熱帯地方の樹木には年輪がなく、中には偽の年輪を自分で作り出す樹木もあるのだとその地で聞き知った。一年を通じて成長し続けているせいで年輪を作る時間もない樹木の、絡み付くように生い茂った太い根を足元に感じ、彼女はわけもなく足の下がぴりぴりと痺れてくるのを感じた。深刻な旱魃《かんばつ》が樹木の年輪を作るというが、もしも時とともに刻まれていく年齢とは別の年齢というのがあるのなら、つまり、日々生きるうちに刻みつけられた消えない傷、そういうものも年齢として数えるというのなら、熱帯地方の樹木の年輪も偽りだとはいえないはずだ。熱帯地方の旱魃、その渇きは、想像を絶するほどのつらさであろう。自分の体に深い傷を残し、しわを刻みつけるほどの渇きである。ならばそれは自分の肉を抉り取るのに匹敵するほどの苦痛であるはずだ。

もう少し老《としと》って、完全に「他人の年齢」になれた頃に来ればよかった。熱帯地方の夜、ガイドたちと行った旅行地で、彼女はそう思った。六十はまだ未熟で、偽りの年輪を作って傷だと主張しつつ大げさに誇張してみせるようなまねはしたくてもできないのだった。だが、今こうして九十近い年齢になって振り返ってみれば、六十も九十も大した違いはない。むしろ、自分の年齢はまるごと他人のものであったような気もするのだった。いつになく虚しさを感じたり悔恨の念を抱くようになったからというわけではない。六人の子どもたちはみな順調に成長し、少しばかり劣っているのがいるかと思えば、中には優秀なのもいるにはいて、だが六人ともみな、自分の力で生計を立てて暮らしていた。それぞれが家族を作り、二人、あるいは三人ずつ子を持った。彼女の八十八歳の誕生日には久しぶりに家族全員が集まったが、何十坪もあるマンションの広々とした居間はぎゅうぎゅう詰めになり、どうかすると座れない人も出るほどだった。彼女はソファに足を引き寄せて座り、小柄な体をさらに縮めるようにうずくまり、居間からキッチンへ、あの部屋からこの部屋へとあわただしく行き来する子ども、嫁、婿たち、そして孫にひ孫の数を数えた。「何してるの?」と、末娘がそばに来て訊いた時、彼女は百七十を数えていた。その時ちょうど長男の嫁の好きな連続ドラマが放送されており、そのドラマの開始時間からずっとそうしていたから、彼女はもう一時間以上も同じ姿勢のまま数ばかり数えていたことになる。長男の嫁を二度数え、数え間違えたからと取り消したのだがまたうっかり数に入れてしまったために取り消し……、そうやって数えているうちに何が何だかわからなくなってきた、それが百七十という数字なのだった。ひょっとするとそれは、九百七十かもしれないのだった。

「この家にはなんて人間が多いんだろ」

彼女は吐き捨てるようにそう言ったのだが、末娘はにぎやかであることがまるで自慢ででもあるかのように、「でしょ?」と答えて相槌を打った。その時彼女は、またも力を込めたあの目で末娘の顔をじっと見た。

「そういう目で見ないでって言ったのに!」

末娘が不愉快そうに立ち上がったその刹那、彼女は自分が見ようとしていたものが何であったかを忘れてしまった。つまり、八十八という年齢が、もう少しすれば九十であるというその年齢がまるごと他人のものではなかったかと感じたりするのは、どんなことであれ、これ以上何も記憶しないという事実に起因していた。心の傷、悲しみや苦しみやなんかはもちろんのこと、楽しかった瞬間、幸せだった時、そういう記憶やなんかも同様に。彼女の子どもたちは比較的仲の良い方だった。何かあるごとに集まっては、食事しながら尽きぬ話で盛り上がり、笑いの渦を巻き起こしたりもした。体が縮むだけ縮み、ひとつかみすれば手中に納まるのではないかと思うほど干からびたようになってしまった彼女は、子どもたちの間にいるのかいないのかわからないように座り、子どもたちの話を聞いていた。笑いさんざめく中、彼女にも思い出話を要求する息子が必ずいる。

「あの時のことだけどさ……、」

あの時……? 彼女は憶えていないばかりか、その時のことを思い出すと息子が笑顔になることが、その楽しそうな様子が不思議だった。息子がそうやって嬉しそうに笑っていれば、母親というものは山盛りにした飯を一気にかきこんだ時みたいに、穏やかで満たされた気分になるものだ。しかし彼女は、その穏やかで満たされた時の記憶すら忘れてしまったらしい。その時何があったのか、そしてその時のその出来事がどうしてあの子をあんなに楽しそうにさせるのか、楽しさというのはいったい何であるのか……。もちろん、彼女は笑うことを完全に忘れてしまったわけではない。彼女は、テレビからお笑い番組が流れてくれば笑うし、子どもたちも孫たちもみな帰っていき、たった一人家にいて一日中黙ってじっと座っている時にも、可笑しければ自然にふっと笑いをもらしたし、時に泣くこともあった。それは彼女を軽視する嫁のせいのこともあれば、思慮の足りない息子たちのせいのこともあり、一人で無理をして転んだせいのこともあった。だが彼女が笑ったり泣いたりするのは、幸せだったり悲しかったりするからではなく、何とはなしにうつろな気がするからだった。自分が空っぽの壺か何かに、でなければ穴ぼこだらけの竹籠か、何かそんなものになってしまったような気がするのだった。生命は口から入ってきはしたが、途中でどこかへ消えてしまい、生気のない空《うろ》ばかりが残った。もっとも中身なしの空洞なわけだから、それを「残った」と言っていいものかどうか、甚だ疑問ではあるけれど。

八十ぐらいの時、彼女はトイレから落ちて怪我をした。一度そんなことがあってから、どうしても立ち上がれないほどの痛みが長いあいだ続いた。病気にも有名な病気とそうでない病気とがあるとするなら、彼女のはそうでない方の病気に属していた。絶えずどこかが、それも深部が重苦しく痛いのだったが、医者たちは彼女の病名について明快に答えてはくれなかった。だが、根掘り葉掘り聞いてみれば、結局は加齢によるものだという答えが返ってくる。加齢による病を、いったいどうやって治せよう。肉が落ち、背は縮み、無気力になり、そしてついに彼女自身も言葉では表現できない「何か」が自分の中からすこしずつ消えていく。つまりそれは理由もなく「ただ」消えていくのだ。長い歳月をかけて、少しずつ、少しずつ。だから、消えてしまったことに気づいた時にはそれが何であったかなど、すでに思い出そうにも思い出せなくなっているのだった。

子どもたちは、家の中で心配事が生じても、彼女にはその事実を隠して話さない。次男が心血管の手術を受け、生死の境をさまよっていた時も、彼女はその事実を知らずにいた。手術がうまくいき、これ以上心配する必要がないということがわかった後に、長男がこれこれこういうことがあったと報告し、彼女を病院に連れていった。峠を越し、恢復しつつある次男は、生きて再び母の顔を見れたことにあらためて感動している様子で、彼女の姿を目にするや、目を赤くした。彼女が病室にいる間、息子は母の手を離そうとしなかった。息子たちの中でも、次男はどちらかというと冷たい性格だったから、母親の手を握ったのは、後にも先にもこの時だけだった。

子どもたちはいろいろな手を使って彼女をだましてきた。同居している長男は、毎日服用する高血圧の薬を栄養剤だと言い、娘たちは海外旅行のたびに、慶州へ行く近くの海へ数日間遊びに行くなどと言って切り抜けた。そうしなければ彼女が心配ばかりして暮らすからと言うのだが、子どもたちの考えは半分は正しく、半分は誤っていた。いつの頃からか、彼女の思考範囲は確実に狭まっていた。朝から晩まで、彼女は一つのことだけを考えている時があった。一日は驚くほど短く、ある時はまた恐ろしく長かった。そういう時に彼女が考えているのが心配事なら、彼女が心配ばかりして暮らしている老人だという言い方は正しかった。しかし心配というのはいくらしても無意味なだけだった。老人が心配してみたところでどうにもならないどころか、仮に何か妙案があったとしても、彼女自身がその意味を理解できなかった。いつからかわからないが、今の彼女が「他人の年齢」で生きているということだけは明らかなようだった。彼女の一部、あるいは半分以上の身を、どこか別の家に置いて住んでいるような気がした。長男と同居しているこの家ではなく、彼女の知らない、誰か別の人の家に。ところで、だとするとそれはいったい誰の家か。彼女に家を貸してやると、大急ぎで自分の家を去っていった人物は誰だったのだろう。

あるとき長男が、末娘が海外に旅立ったと言った。ほんとうに海外旅行に行った時は、近場のどこかへ花見に行ったとか紅葉を見に行ったとか言ってごまかすのだが、今回はよほどうまい口実がなかったと見える。夫と一緒に、子どもまで連れてアメリカに行ったとかイギリスに行ったとか……。末娘の電話が途絶えてからというもの、夕暮れ時、ベランダに立って遠くを見つめるようになった。マンションの門を出ればそこがアメリカでもあるかのような、そんな視線だった。末娘は日頃から、よく電話をかけてきてくれた。末娘以外の子どもたちが十日、時には二十日以上も母親を忘れて暮らしていても、そういうものかとやり過ごせた。だが、末娘は別だった。自分からの電話が途絶えがちになれば、母親はやきもきして、居ても立ってもいられなくなることを末娘はよく知っていた。電話が来ても来なくても、何かあるたびに彼女は末娘のことを考えた。それはあまりに昔からの習慣だったから、今となってはなぜそうなったのか思い出すこともできないが、とにかくそういう習慣になってしまっていた。

父親が死んだ後、霊魂を洗う儀式をしていた巫女は、生まれたばかりの末娘に呪いの言葉も祝いの言葉もかけなかった。何かを疑わなければならないような、人生における偶然は末娘の身には起こらなかった。末娘はごく平凡な子で、それはむしろ感謝すべきことだった。末娘は、名門校ではないにしても、割合に優秀な大学を出、自分よりも十五ちかく年が離れた長兄の、経験を積んで鍛えられた眼目によって選ばれた男性と見合いしたうえで結婚した。見合いしたという割には、結婚前までの恋愛歴が激しかった。ちょっとしたことで別れ、また何かの拍子に付き合い始める、そういう繰り返しの中にいた末娘は、火照ったように幸せそうだったり、絶望的に落ち込んだりしていた。ある時は食事を受け付けなくなり、ある時はつらくて死にそうと騒ぎを起こしたりもしたが、そのすべては、末娘特有の発作に過ぎなかったのだと、彼女は後になって知った。万事が人並みの、つまり、多からず少なからずの中庸であると思っていた末娘の内面に、実はぽっかりとあいた穴があったということを、彼女はその時初めて知ったのだった。末娘は怖がっていたのだ。彼女の兄たち、兄であると同時に父親でもある彼らのように、夫も彼女にとっては父親であり兄でなければならなかった。しかしそれは可能なことだろうか。その頃の末娘はまるで日に十二回ずつ一人で広野に放り出され、疲れ果てると一人家に帰っていく人のようで、たった一人で舞台に立った俳優みたいに、浮かされ、危なっかしかった。

末娘の結婚式には雨が降った。それは今でも鮮明に覚えている。車から降りて式場へ向かうまでの短い間に、末娘のベールが雨に濡れ、ひたいにも雨粒が付いた。彼女はその時、末娘はその雨粒を最後まで記憶に留めて生きることになるだろうと思った。その考えは今も変わっていない。記憶は内部で鳴りをひそめていて、重い服を完全に脱ぎ捨ててからでないと水面に浮かび上がらない。今、末娘がその雨粒を憶えていないとすれば、記憶がまだ自分の服を脱ぎ捨てていないからに過ぎない。

末娘一家がアメリカに旅立ったと息子が教えてくれた頃、彼女は家の中に入ってきた一匹のコガネムシを見つけた。その前翅の色があまりに綺麗で、もしも孫がそこにいたなら、「ほら、これあげるよ、持っていきな」と、まるで最初から自分のものであったかのようにプレゼントしてやりたくなるほどだった。コガネムシをしわくちゃの手のひらにのせ、彼女はしばらくじっとそれを眺めていた。ところがその瞬間、胸のどこかが、よじれたように痛くなった。ほんの一瞬の出来事ではあった。が、それは激しい痛みであり悲しみだった。そんな激しい感情に襲われたのはあまりに久しぶりのことだったから、彼女はその感情が消え去った後でもまだ、動揺したまま動けずにいた。動悸が鎮まった後、彼女はコガネムシを窓の桟に置き、爪先立ちで窓を開けてやった。風が彼女の耳の下の髪の毛を揺らした。

人は、老人がさらに歳を重ねると、若かった時には見えなかったものが見えるようになると信じたりもする。その日、彼女の胸が痛くなったのも、もしかしたらそういうことが原因だったのだろうか。彼女の一部、あるいは体の半分以上入り込んでいるその家が誰の家か分からないのだから、彼女はひょっとすると巫堂《ムーダン》なのかもしれなかった。そう考えるのは不可能なことだろうか。その時彼女は、誰かがこの世を去ったことを悟った。その誰かが、この世を完全に去っていく前に、彼女に挨拶しにきたのだと。哀しみは耐え難く、いつしか胸苦しく、息もできなくなるほどの懐かしさがこみあげてくるのだったが、涙は一滴もでなかった。巫病《ムビョン》を患ったように、数日の間彼女は寝込んでしまった。その数日間、長男とその嫁の顔は真っ黒く墨汁を塗ったみたいに暗かった。

二人の子を死産し、朝何ともなかった乳飲み子が、夕方には息を引き取る、その様を目の当たりにもし、生きた血の塊を娩出したこともあった。が、子が死ぬというのはどういうことか、それはどうしても理解できないことだ。たとえば、自分の腹を裂いてその中を自分の手でしぼり出すような、そうして受けたそれ以上の苦しみであり、どんな苦痛も比較などできない。だがそれももうずっと昔のことだ。老いることでいいことがあるとすれば、もうこれ以上そんなことを詳しく記憶しておかなくてもいいという点だ。長い時間がかかりはしたが、それは案の定、数ある出来事の中の一つとなった。あらゆる記憶の中に埋もれる一つの出来事。それでいながら確かな個性を持った記憶……。篩《ふるい》の網目が大きくなる。時々、ある特殊な出来事のためには、篩が自ら網目を大きくすることもある。アメリカ旅行に発ったはずの末娘が、彼女の部屋のドアを開けてひょっこり入ってきたのは、末娘からの電話が途絶えてから一カ月近く過ぎてからのことだった。長男とその嫁が二人そろって家を空け、彼女が一人で留守番していた、真っ昼間だった。彼女が一人でいるときは玄関のドアを開けられない。以前にも末娘は、予め長兄に聞いておいた暗証番号を押してひょっこり入ってきたことがあった。だから、末娘がとつぜん現れたりするのは、何も珍しいことではなかった。彼女の部屋には布団が敷かれていた。冬でもないのに末娘は、その布団の中に足を入れ、母親の手をとった。

「楽しかったかい?」

彼女が訊ねると、末娘はうなずいた。「おみやげ、買えなかったの。ごめんね」。布団の中に足を入れた末娘がこっくりこっくりし始め、やがて眠ってしまうまで、母親に言ったのはそれだけだった。

彼女は眠りこけている末娘の顔を見下ろした。お前は霊かい? それとも生きているのかい? 彼女はそう訊いてみたかったが、怖くて訊けなかった。末娘の顔から何かが消え去ったことだけは確かだった。だが、霊だったらどうで、生きていたらどうだというのだろう。末娘がそこにいる、それだけで十分だった。末娘の眠りは深く、部屋が薄暗くなる時分まで覚めることがなかった。やがて長男が帰ってきて部屋のドアを開けた。お前にもこの子が見えるかい？　そう訊きたかったが、長男の顔が暗かった。つらそうな顔をしていた。妹でありながら娘のようでもあった女の子を不意に思い出したといったふうな顔だった。今日は早く終わったのかい？　と訊こうとしたが、末娘の夫から電話があったのだと、長男が先にそう切り出した。夫が電話を……？　すると、夫もまだこの世にいるというわけだ。そうでなければ、彼らがみなこの世を去り、彼女だけが残ったのか。その時、家の中がさらに暗くなった気がした。彼女は彼らの影を見た。彼女が巫堂かどうかはわからないが、彼らがまだ彼女と一緒にいるということは確かだった。

ならば、誰がいなくなったのか。彼らの家を去っていったのは誰なのか。末娘の娘だという。交通事故に遭ったのだと。病院へ行く間もなく、したがって応急手術なんかもすることなく、その場での即死だったと。息子が話している間、彼女はソファのすぐそばの床にうずくまり、拳一つほどの大きさにも満たない体を、ゆさゆさ揺らした。巫堂が手に持って揺らす、あの祭具のように、ゆさゆさ、ゆさ、ゆさ……。おかしなことに、彼女があんなに可愛がったあの子の顔が思い浮かばない。末娘の下の娘。その子の歳は今年二十歳といったか、二十一歳だったか、それも思い出せない。まあでも、そんなにおかしなことでもあるまい。時々は自分の子どもの顔ですら思い出せないのだったから。彼女は孫の顔の代わりに、自分の末娘の、もうじき五十歳になる末娘の二十歳の頃の顔を思い浮かべた。その頃の彼女は、何かといえば末娘の顔をじっと覗き込んでいた。末娘は母親のそういう目つきを嫌がって顔をそむけたりもしたが、そのたびに末娘の白いひたいが記憶に残った。美しく端正なひたいだった。そのひたいには誰も、どんな跡形も残すことはできないだろうと思われるほどに。ところが、今日、今この時。眠り込んでいる娘のひたいには、どこでどうついたのか、鳥の足跡が見えた。娘がじき五十になるというこの時まで、ただの一度もそんなものがついたことはなかったというのに。あの白いひたいに突然鳥の足跡がつくなんて、そんなことがあるだろうか。

娘が生まれ、夫の慰霊の祭事が行われていた四十九日の明け方、こんもりと盛られた白米の上に、故人の魂の跡が残っていた。鳥の足跡だった。疑いようのない、再度確認するまでもないほどくっきりと鳥の足跡が残っていたものだから、彼女はしばらく空を見上げていた。父親不在の状態で生まれた娘が、その時、エ、エ、と泣き声をあげた。今、その末娘は、その時の彼女の年齢を越えた。紳士で、世間ずれしていない男性と結婚し、衣食に困ることなく暮らし、父親似の息子と末娘自身に似た娘を一人ずつ生んだ。子どもの頃は、意地悪な男の子が三つ編みにした髪の毛をたった一度引っ張っただけでも、四人の兄がいっせいに駆けつけてきて彼らを殴りつけたし、大きくなってからは、帰宅時間が少し遅くなっただけでも、四人の兄たちは往来の角ごとに立って帰りを待った。結婚してからは、四人の兄が一週間おきに順番で末娘の家を訪ね、まるで年老いた父親のようなふるまいで、何の用もないのに十分、あるいは二十分ほど座って帰ってくるのだった。その頃の末娘は、よりよい人生にしようと必死に努力していたのだろう、毎日闘いのような日々を過ごしていた。その努力が実ったのか、それとも神のおぼしめしか、末娘の息子は賢く健康に育ち、末娘の下の娘──彼女の孫の中で最年少の孫娘──は、おとなしく可愛かった。その末娘の下の娘が大学に入り、全家族が集まったその日、末娘は兄たちがすすめる酒に酔ったのか、あるいは感覚が麻痺したのかはわからぬが、こう言ったのだった。

「もう私、休ませてもらう。これからは眠りたい時に思う存分眠るんだから！　だから、兄さんたち、もううちに来ないで。お母さんも来ないで」

幼い末娘を心配した兄たちが頻繁に訪ねてきていた時代は二十年も昔のことだというのに、それをすっかり忘れて末娘はそう言うと、兄たちは瞬間すぐに二十年前にタイムスリップできたようで、どっと笑いだした。彼女はその笑い声が心地よくて、何も言わずに一緒になってただ笑っていた。

その末娘が、あんなに無邪気だった末娘が、子を亡くした……。交通事故だったという。たとえこれが運命だったとしても、こんなに過酷な道を行かなければならないものだろうか。末娘がいる部屋に入ろうと立ち上がったが、彼女はその足で居間の床をどんどん踏み鳴らした。出そうになった言葉は口の中でもぞもぞしているばかりで出てこなくて、彼女はかかとが痛くなるほど、床をどんどん踏み鳴らしていた。部屋に入ると、末娘が上体を起こして座っているのが見えた。彼女が入ってくるのを見ると、末娘は微笑んだ。

「お母さん……」

末娘の声の邪気《あどけ》なさに、彼女の胸は張り裂けそうに痛んだ。今しがた踏み鳴らしていたかかとほどに痛かった。彼女にはわかった。末娘は夢を見ているのだと。子を埋葬してから、ひと月もの間ずっと眠って過ごしたのだという。それはそうだろう。この世のすべてを殺したいほどに思っているだろうし、あげくのはてには自分で自分を殺しかねない状態だったにちがいなく、目覚めていられるはずがあるまい。母親に会いにこれなかったのも、おそらくそのせいだろう。老いた母親が驚くだろうと、それを心配してのことではなく、自分の子のせいで母親まで殺したくなるような気がして、それで来れなかったのだろう。

「おみやげ、買えなかったの……買うつもりだったのに……」

末娘は同じことを口にすると、また力なく横たわった。あどけない微笑を漂わせていた目の色がみるみる変わり、突然涙をにじませた。だが、すべては夢の中の出来事だ。末娘の夢の中の道をただしてやろうと、布団を引き上げた時、床に無造作に置かれていた末娘の手の先がぼろぼろになっているのが見えた。子が葬送される間じゅうずっと嚙み続けていたのだろうが、嚙み続けていたのはおそらく指ばかりではあるまい。彼女の心も、末娘の指先と同じように瞬間ぼろぼろになった。そのぼろぼろの心の中で、苦しみと悲しみが渦巻いている。苦しみや悲しみを感じるのにも気力は必要だから気合を入れてみるのだが、彼女の口からはどんなにしてもエ、エ、と泣き声のような息がこぼれるばかり。母親になってから、わが子を亡くす時までの道のりに、末娘はどんな穴をあけてきたのだろう。彼女の人生は竹籠のように穴ぼこだらけだが、末娘の人生がそんなふうになるまでには、あとどのぐらいの時間が残されているのだろうか。

それにしても、そんな時におみやげのことを口にするとは。今日これから死ぬという日になってもらう両手にあふれるほどのおみやげなど、何でもないということを末娘は理解するだろうか。何でもないからいいのだ。その何でもなさこそがすべてであるおみやげをもらうために、長い長い人生をやっとこさ生きているということを、末娘は理解するだろうか。当然理解しないだろうし、まだ理解してはいけないことだ。実は彼女もまだ理解できずにいるのだったから。

彼女は痛むかかとを無意識のうちになでつけ、自然に振れてくる首をうんうん言わせながら、すべては虚しいことだと考えた。運命も霊も何もかも、すべては虚しいことだと。それから彼女は、眠ったきり目覚めずにいる末娘のひたいに手を置き、鳥の足跡を消した。子を亡くし、母の家に来て眠っている末娘のつらさを思っていたが、末娘はぐうぐうといびきをかいて眠っていた。そんな姿を見ると、彼女はますます胸が引き裂かれる思いになった。若い頃、彼女は寺に通っていた。時間になれば寺へ行き、僧侶が来れば、ささやかに穀物などを寄進するのは、その時代には誰もがしていたことだった。仏様が福をもたらしてくれるかどうかなど知りもせず、輪廻《りんね》だとか解脱《げだつ》だとかいう言葉の意味も知らなかった。その仏教信者が急に教会に顔を出し始めたのは、八十を過ぎてからのことだ。医者もどうすることもできない「加齢による病気」を、教会の牧師が按手祈祷ですっかり治してくれるという言葉に心ひかれたからでもあったが、夫とともに教会に通う末娘が天国の話をしきりに話してくれた影響もあったかもしれない。それより何より、執事とか何とか呼ばれている近所の女性たちの寛大な心での行動が、彼女の心を動かしたからだった。日曜ごとにやってきて、自力では歩けない彼女を負ぶって連れ出し、食べる時も付き添い、そしてまた家に連れて帰ってきてくれる。お祈りをしてくれることもあれば、髪を切ってくれることもあり、ただ遊ぶ目的でくることもあった。子どもたちにとっては影のような存在である母親が、彼女たちの前では神の尊い使者のようにふるまった。彼女は夜が明けるたびに祈った。読んだこともない聖書を広げ、会ったこともない神を思って。

だが、今こうして眠っている末娘の脇にうずくまっている彼女には、誰を呼べばいいのかわからなかった。神様か、それとも仏様か、あるいは鳥の足跡を残して逝った夫だろうか。いびきをかいていた末娘が、布団を引き上げた。季節は初夏。寒くてそうしたのではあるまい。とすれば、体の中に空虚さを感じてそうしたのだろうか。窓が開いている。彼女はそのことにようやく気づいた。壁に手をつきながら立ち上がり、爪先立ちで高い所にある窓を閉めようとしたその時、彼女の耳の下の髪の毛が揺れた。ああ、風が吹いている。なんていい風。こんな気持ちのいい風があるものだろうか。窓を閉めようと思って立ち上がったことも忘れ、彼女は爪先立ちをしたその姿勢で、窓の桟につかまって立っていた。

そのほんの短い間に、部屋は彼女の背後に遠ざかっていった。風がとてもさわやかで、歯がところどころ抜けて萎んだようになった彼女の口がにっこりと開き、その張りのない口元に笑みが浮んだ。彼女の人生はいまや目の粗い竹籠を通り越し、底の抜けた壺のようだった。貯めておくための場所が消えてなくなっていた。それでも風は篩《ふるい》の目を通り抜け、底の抜けた壺を通過しても、吹く音だけは残していく。その風は、彼女の耳もとを過ぎ、たった今、真っ暗闇の中に完全に閉ざされた部屋の中に入り、彼女が末娘のことを失念してしまっている間にも、そのひたいをかすめていったりする。風をこんなにさわやかに感じるとは。体じゅう虚ろな気がして、深く寝入っていても気力で布団を引き上げて掛けた、涙にぬれた末娘の顔。その口元にも、笑みが浮かんだ。末娘の夢の中。空に向かって何かが飛んで行く。鳥だろうか。それとも、風だろうか。末娘もこの先長いこと生きていれば、自分のひたいをかすめていく風を感じるたびに、どうしてこうも口元が緩むのかと、深く考えてみなければならない日が来るだろう。彼女にわかるのは、その時自分はこの世にいないだろうということだけだ。

解説「口」のない存在の傷はどこへ流れていくのか

文芸評論家　チョン ヨウル

1．声も出さずに苦しむ人々

金仁淑の小説は、読者の背後にねらいを定めている。あなたが片付けずに散らかしたままにして出てきた部屋や、あなたが何気なく言い放った言葉、あるいは深く苦悩することなく過ぎて行った縁の、刹那的ふれあい。記憶を振り切り、その記憶を軽やかに踏みつけて振り返った瞬間、後頭部が打ちのめされたように痛むのを避けられないのは、私たちが経てきた行為の痕跡の一つひとつが、まさに「私」であるからだ。「私」と「私が残した痕跡」は、元来分離された実体ではないことを、どんな行為の証拠も隠滅できないことを、私たちは突然思い出した記憶に後頭部を殴られた時になってようやく悟る。金仁淑の小説によって私たちは、「公式的な自我」と「自我でないもの」の境界を試されることになる。彼女の小説を読んでいると、内部と外部、我と他者、見慣れないものと慣れ親しんだものなどを識別する能力を失うのはむしろいいこととして受け入れたいと思えてくる。彼女は偽りによる癒しや、まやかしによる克服を信じない。彼女の描く絶望には偽りがなく、読者をだましたりもしない。

金仁淑の小説に登場する人物は、それぞれが決定的な喪失体験を人生の通奏低音として持っている。環境、職業、性格ともにさまざまなのに、彼らは個体間の境界を無意識のうちに消してしまい、まるで最初からシャム双生児のように一つの子宮の中に縮こまっていたかのような、おぞましい幻覚まで見せる。彼らは互いを引っ掻き合い、踏みにじり合いながら、自分の傷の方がもっと深刻だと絶叫するが、結局は同じ痛みに苦しんでいるにすぎない人たちだ。さらに彼らは、単に「喪失体験のため」に傷ついているのではなく、その傷をどんな方法をもってしても表現できないために、内面の傷をさらに深めてしまっている存在でもある。金仁淑の小説の登場人物は、成長や進歩、治癒や克服といった言葉のニュアンスを本能的に拒否する存在である。彼らは自分の個性や人格によってではなく、それぞれの「傷」が持つ固有の模様でもって自分が何者かを作り上げていく。

遠洋漁船に乗っていた父と一人で子を育てた母との間で育った女子大学生（「アンニョン、エレナ」）、兵役のみならず、ありとあらゆる社会的責任を回避してきた父と精神状態が不安定な母の間に生み落とされた子ども（「息―悪夢」）、生涯自分の取り分を自分で得ることのできなかった双子の兄と、何も望むことなく誰の妻になることもなく一人で歳を重ねていく妹の間で気丈に生きようとする女性（「ある晴れやかな日の午後に」）、離婚するやいなやブラジルへ発ってしまった母と、そんな母を生涯恨み続けた父との間で育った女性（「チョ・ドンオク、パピアンヌ」）、妻と娘を外国に送り出し、一カ月に数回、空で夜を過ごさなければならない中年のパイロット（「めまい」）、立て続けに子を生ませ、ほとんど家に寄りつかなかった夫を激しく恨みながら、一人で十二人の子を生み育てた老婆（「山の向こうの南村には」）。

彼らはみな、人生で何よりも重要なものが失われるのを目の当たりにした者たちだ。なごやかな家庭を築いたこともなければ、自分の苦しい心情を誰かに自然に打ち明けて共感し合うという会話もほとんど経験したことがない。そういう人物として最も突出しているのは、「その日」の主人公、李完用であろうが、金仁淑の筆先が醸し出す李完用もまた、善悪の境界を超えた存在であり、これ以上ないほど金仁淑らしい描き方で書かれた人物として再解釈されている。金仁淑が描く人物たちはみな、舌はあるのに口がない存在として、話せないわけではない、なのに誰にも自分の苦しみを吐露することができない、そういう存在として描かれている。彼らは日常の中で、一種の自発的失語症にかかっている。彼らは自らの傷を自然な形で他者と分かちあい、対話する能力を失ってしまった。言葉で現れることのない内向的な欲望を体現する典型的人物がまさに「息―悪夢」の〝父〟である。

自分の夢想の中に隠れ込み、二度とそこから出て行くまいとする父。思考は思考の中でだけ誇張・変形され、その過程で繰り返し思考の自己分裂が起こっている。父はそういう鋭敏で自閉的な精神世界を持った人物に似合わず、驚くほど官能的な肉体の持ち主として描写されている。金仁淑の小説の興味深い点の一つは、〝言葉になって表出することのない欲望〟が、どのようにして肉体の記号として表現されるかという点である。家族に対して何一つ「意味のある言葉」を発しようとしない無気力な父親たちは、途方もない生殖力で「言えなかった言葉」を放出しようとする。「アンニョン、エレナ」、「息―悪夢」、「山の向こうの南村には」などの父親は、〝家族への不誠実な態度〟や〝激しい性欲〟があたかも本能と対になっているかのように、両者共に持っている人物として描かれている。言葉の過疎状態と肉体の過剰状態は、金仁淑が描く父親たちの共通分母であり、興味深い点だ。この無責任な父親たちが、たった一度でも引っ掻くなどしてできた相手の傷は、あえて〝言葉〟にしたり発火させたりしなくとも、相手のどこかを必ず腐食させていく。金仁淑が描く女性たちは、この〝言葉にならない苦痛〟の蠢きを、全身の細胞のあちこちに、地雷のように隠し持っている存在だ。

2. 心の沈黙を破る体の破裂音

「言葉は確かに人間が持っている刀であるが、同時にその刀で人間は切ることもできる」（パク・ジョンサン『空虚な中心』より）。人間は言語という記号体系を通じて自然を分析し、征服してきたが、言語によって陥落させられもする。どんな責任もとりたがらない父親、国家の命令という最高権力の言語（入隊）を拒否する父親（「息―悪夢」）は、言葉に切られまいとして懊悩する人間の典型である。だが、その傷は実は他人（妻）に転嫁され、妻が背負いきれなかった人生は、子に転嫁される。言葉を拒否する父親たちと、言葉の世界で引き裂かれながらも言葉を抱きしめる母親たちの、勝敗のない対立。父親は日常的言語の世界に編入しておらず、社会的言語が課する命令体系に閉じ込められてもいないが、自分の中から噴出される、言語化されない欲望までは抑えられない。言語によって絶えず切られ続ける存在であることを拒否する父親は、公式的な言語の記号体系が逐一及ぶことのない体の中で、密かな遊戯として痕跡なくしぼんでいくことを望んだ。父親がセックスに耽溺するのは、〝エロティシズムを通して瞬間的にでも言語を忘却する過程〟（パク・ジョンサン、前掲同書）である。父親は、言語を忘却するために、ひたすらセックスという行為に没入し、自我を喪失しようとする。

兵役を忌避することによって始まった、父親の〝言葉からの脱走〟は、自らの自我を社会的命令体系に合致させないための抵抗であったが、その拒否の代価はまるごと、一人残された母親が負うものとなった。父親が耐え抜くことができなかった人生の重々しさは母親に転嫁され、母親が打ち克つことのできなかった人生の怖れは、結局は息子に転嫁されることになる。「息—悪夢」の話者は、父親が軍隊に行っている間、人生の重々しさにどうにも耐え切れなかった母親が殺した息子の霊魂であることが明かされる。息子は見えない霊魂のシルエットとして残り、ついには母親まで殺し、その後には父親の人生を追跡しつつ、家族たちの未だ書き終わっていない未完のオデュッセイアを記憶し、記録する存在である。死んだ霊魂のささやきは、〝文章〟や〝言葉〟という形で記録されてはいないが、ばらばらになったり死んでしまった家族たちが人生でやり残した出来事を一つひとつつなぎ合わせ、コラージュとして作り上げていくのは、死んだ息子の霊魂である。

「ある晴れやかな日の午後に」では、ある人が回避した人生がどういう道筋をたどってか再び戻って来、別の人の人生に消すことのできない痕跡を残す過程が形象化されている。双子として生まれたが、ひょっとしたら自分の〝取り分〟を双子の兄に奪われるのではないかとびくびくしながら生きて来た〝私〟（双子の妹であるビョンスク）の代わりに、彼女が拒否した双子の運命を負ったのは、ビョンスクの妹、ビョンヒだった。三人きょうだいのうち、最も生活力のあったビョンスクは、裕福な暮らしをしているが、自分が腹の中にいた時からライバルだった双子の兄であるスンウクに対する運命的な負い目を振り払うことができない。常に赤字にあえぐチキン屋をかろうじて経営しながら、病弱な体を焼印のように引き受けて生きている兄のスンウクを誰よりも理解しているのは、末っ子のビョンヒである。ビョンヒは、双子のきょうだいであるビョンスクよりもスンウクの〝声にならない言葉〟を切実に共感している存在である。

彼らが産めなかった夢、ビョンヒとスンウクが孕むことのできなかった夢は、幻想の中の子どもとなり、今も終わることのない疾走を続けているかのようだ。「あの子が私の夢の中に出て来て、今はあそこにいて走ってるの！」と叫んだビョンヒはすでに知っている。ビョンスクが拒否した双子の運命が、ビョンヒに転移したのだということを。ビョンスクはある時、不意にこんな質問をする。「私たち、みんなで一緒に子ども時代に戻ることができたなら、そして何もかもを最初からやり直すことができたなら、そんな機会がもし与えられたなら……、私は何を望み、どんなふうに生きたいと思うんだろう」、と。ビョンヒはまるでずっと前から姉の無意識の心を見抜いていたというように、きっぱりとこう答えた。「そんなことができるなら、姉さんは一人で生まれたいと思うんじゃないの?」。その言葉を聞いた瞬間、ビョンスクは胸に穴が開いたような気がした。ずっと前に塞いだ穴の封が解かれ、すきま風がすうっと通り抜けて行くような、そんな感覚だった（本文より）。ビョンスクは、時々、原因不明の憤りに悩まされていたが、その虚しい怒りの正体が、ビョンヒには分かっていたのだ。それはつらかった時の具体的な記憶などではなく、双子として生まれた運命を拒んで生きてきたからでもなく、〝もっと根本的な問題、つまり、生まれてきた場所を見つめ直すという、ひょっとしたらそういうことなのかもしれない〟（本文より）。〝生まれてきた場所を見つめ直す視線〟こそ、金仁淑の登場人物が抱え持つ、正体不明の存在に、紆余曲折の末に向き合うための扉なのである。

生まれる前の世界、つまり、運命の色と形がまだ決まっていない世界を思い出すということ。そして、双子の兄と双子の妹の間の〝存在の境界〟すら区画される前の世界を思い出すこと。それは、傷を与える債権者と傷を負う債務者が完全に分離された主体と他者ではないということである。傷を与えたり負ったりした存在みなが、結局は最初から同じ運命の胎盤の上に位置していたことを知る、そういうことではないだろうか。

3. 昇華することのない脱走、忘我の喜悦

金仁淑が作り出す人物は、一見、決定的な喪失感のせいで魂を病んでいる存在であるように見える。しかし、彼らの行きつく先は結局〝喪失に対する恨み〟ではなく、〝絶えざる喪失自体が生きること〟であることを肯定する次元である。この巨大な肯定の次元から眺めてみると、〝喪失〟それ自体は、どんな〝変数〟にもなり得ない。喪失それ自体が苦痛なのではなく、喪失からはどんな行動も起こせず、傷からはどんなものも生成できない。それが霊魂の不毛性である。金仁淑が描く母親たちは、そういう意味で言うなら、この〝霊魂の不毛性〟を、自らの人生自体を担保としつつ克服していく存在である。一方的に犠牲になるばかりの、一貫して盲目的な母性ではなく、この世界で生き残っていくためには捨てられるしかなかったありとあらゆるものを、その〝無用さ〟など意に介せず、黙って自分の中にしまっておく。捨てられたものが再び息を吹き返して行動を起こすための新しい生を内に持っている人たち。それが金仁淑の描き出す母親たちだ。

特に、「チョ・ドンオク、パピアンヌ」の母親は、そういう意味で言うならば、われわれの時代における血まみれの〝ピエタ〟だと言える。この血まみれのピエタは、偉大なる母性の具現者であるからではなく、母性を拒否するようなポーズをとっているために、余計に悲劇的だ。「チョ・ドンオク、パピアンヌ」を読んで残るのは、ヒューマニズムやフェミニズムによってすっきりと裁断することもできず、かといって〝母〟と呼ぶこと

もできない、そういった〝ある一人の女性〟の、罵詈が散りばめられた人生である。土の中に埋められたものに魅力を感じる〝娘〟は、母・チョ・ドンオクが父と別れてブラジルに行ってしまった理由を知らないまま生きてきた。母が立ち去った本当の理由は、単に父と離婚したからではなく、娘が十五の時に生んだ父親のいない子を〝捨てないため〟だった。娘は自分が子を生んだのは、〝聖霊〟の力によるものだと信じ、母が自分が生んだ子を跡形なく捨ててくれるようにと願ったが、母・チョ・ドンオクは、名前を〝パピアンヌ〟と変え、馴じみの薄いブラジルで、一度も手紙を送ることもなく、娘の子どもを自分の子どもとして育てながら暮らした。彼女が碑石に刻み付けられた墓誌名や、土の中に埋められたガラクタに病的な執着を見せたのは、もしかしたら彼女が最も封印したかった記憶を、心の深い所では、きちんと埋められなかったことの寓意ではないだろうか。彼女は、貢女になるために外敵に髪をひっつかまれて連れて行かれる娘を心に留め、外敵に娘を奪われた恨を、〝痛入骨髄〟を胸に抱いて死んでいった壽寧翁主の墓誌名に心惹かれる。

壽寧翁主が娘を失ったことによって受けた苦痛（痛入骨髄）は、パピアンヌになるためにチョ・ドンオクを捨てなければならなかった母親、つまりは娘の生んだ子を捨てないために娘を捨てなければならなかった母親である女性の言葉にならない苦しみと、母親になるとはどういうことかも知らぬまま、子を生み落とすなりその事実を隠し、何事もなかったように生きなければならなかった娘の苦しみと共に、同じ星座の上にありながら別々に存在する星であるかのように、読者の胸に刻み付けられていく。〝壽寧翁主―チョ・ドンオク―チョ・ドンオクの娘〟というこの系譜は、最愛の誰かを失いながらも、つらい素振りすら見せられなかった存在の系譜である。チョ・ドンオク、パピアンヌという女性は、自らを〝すれっからし〟と呼び、悪態も冗談のように軽く言いのけ、人生という名の壮大なジョークを強く生き抜いた。

チョ・ドンオク、パピアンヌは、遠い国で毎日他人の汚れた衣類を真っ白に洗いながら、この先二度と会うことのない娘の人生に刻まれた致命的な汚点も共に洗い流した。そのことを知らせてくれたのは、チョ・ドンオクの子として育った、チョ・ドンオクの娘が生んだ子が送って寄こしたポルトガル語で書かれた手紙だった。彼女は一度も学んだことのないポルトガル語で書かれた、彼女の生物学上の子が書いた手紙を、おぼつかないながらも解読し、そうすることによって失った母と失った子を同時に、元のように取り戻す。彼らは人生を共にすることはできなかったが、〝チョ・ドンオク、パピアンヌ〟という女性の、罵詈が散りばめられた人生を記憶することによって、魂の臍帯《さいたい》（へその緒）を共有する。

チョ・ドンオクの娘、〝彼女〟は、一度も抱くことのできなかったその子の手紙を、土の中に埋めることで記憶を封印した。シャベルや何かでは掘り起こすことのできない記憶の深淵へと、ある一人の人間の永遠に癒えることのない傷を埋める。それは〝記憶の死滅〟ではなく、長い歳月が過ぎた後に再び〝思い出されるための隠匿〟だ。彼女は結婚し、子を生み、新たに人生を始めるだろう。彼女が聖霊として生んだ子がポルトガル語で母の十六年を記したように、また、彼女がそのポルトガル語で書かれた暗号のような手紙を解読しながら、母の失われた十六年を取り戻したように。彼女は彼女自身が秘密を隠し持った存在となり、歳を重ねていくことで、自分の人生は理解されるだろうし、克服もできるだろうという幻想を地中に下ろす。記憶を何とかして回避しようとしたり、記憶そのものを削除したりするのは、決して記憶から自由になることではないと知っているから。彼女は、遠い昔、壽寧翁主が痛入骨髄という苦しみを土の中に埋めたように、彼女の子どもと母親を魂の地平線の下へと、静かに深く埋める。壽寧翁主が娘を失った悲しみが、痛入骨髄の恨《ハン》となり、数百年の時を経て彼女にも涙を流させたように、彼女の痛入骨髄の痛みもまた、千年の後に名も知らぬ娘と母親たちの胸に伝わるだろう。自ら土の中に埋められ、名前のない遺物になることで、彼女は自分を苦しめて来た悪夢と、不可解な耳鳴りを眠らせる。

存在はそのようにして痕跡を残す。言葉の世界に包括されなかった夫、各地で生き、そこで死んでしまい、憎悪することも赦すこともできなかった夫は、幼い末娘のひたいの上に、見えない〝鳥の足跡〟を残し(「山の向こうの南村には」)、娘のところには戻らず、娘の子どもを人に知られないように育てるためにブラジルに行ってしまった母親は、娘の胸にポルトガル語で書かれた解読不可能な手紙を残し(「チョ・ドンオク、パビアンヌ」)、一緒に青空を飛行していて墜落死した友人の死は、一人生き残った中年男性の心に、永遠にぱっくりと開いたままの洞窟を作った(「めまい」)。

喪失の傷跡は、少しずつ治っていくだろうが、傷口が開いた瞬間の血のにおいや、切られた傷の残酷なまでの痛みは、彼らの心のどこかで吹き荒ぶつむじ風として残っている。だから彼らは、幽体離脱して自らの人生を見つめる、高くもなく深くもない視線を手に入れることとなったのだ。

彼らはついに悟る。〝私という存在は果てしなく続いていく。この私はすべての原因であると同時にすべての結果〟(「チョ・ドンオク、パピアンヌ」)であることを。このことは、お人よしも、怒りっぽい人も、かわいそうな人も、どんな人にも一人残らず当てはまる、生きることには必ず伴う傷である。これは苦痛のために生じた傷ではなく、生きているというそのこと自体が、広大な傷の一部であることを知った者の微笑、あるいは、逃れられない運命を肯定する者の余裕である。私たちの〝エゴ〟は、治療して良くなったり、発見されるのを待ったりするような、本質的な自我ではない。私という存在を構成している欲望の振子、永遠に揺れ動いているエゴ。死が近づいてさえ、決して整理されたり意味化されたりすることのない人生のマトリクス、魂が持つ揺れ動く胎盤と出会う。私たちは、言語を使ってこそ、社会的に疎通可能な世界の中で生きていけるのだが、あえて言語を使わなくとも、無意識的に欲望を表現してもいる。私たちのしぐさの一つひとつ、一呼吸一呼吸が、欲望のわだかまりとなる。〝適切な自我〟を持つために捨てられた、〝不適切な自我〟の抵抗、〝清潔な自我〟を持つために捨てられた、〝不潔な自我〟の記憶、それらは永遠に私たちの人生の脇にいて、うろうろとさまよっている。

だとするならば、何一つ消えてなどいない。一時《いっとき》は自分の中の一部だった自我は、〝私が私だと信じている私〟の境界を絶えず侵犯し、いつの日にかその頑強な自我を解体させるであろう。隠密かつ親密でありながら奇異なもの、抑圧されるたびにますます美しく露見する、欲望の顔をして。人間が事件を支配するのではなく、事件が人間を支配する。私たちは事件を再構成し、記録し、削除するが、決して記録されることのない事件というのは、私たちの肉体に刻印された痕跡として第二の人生を生きていくこととなる。

　この世には死んで完全になくなるものはないということ、そして口がないとはいえ、存在していないのではないということを、口がないのなら口以上に正直な体の痕跡と生命の蠢きが、存在の痕跡を残すのだ。その痕跡は、消そうが捨てようが焼こうが、何をしようとも生命と生命でないものの間で揺れ動きながら、永遠に私たちに語り続けるだろう。生涯、遠洋漁船に乗り、ほとんど家にいたことのなかった父が、母が去ってしまった後になって家に戻って来て、とめどなくまくしたてる、いささか無駄口めいた告解のように。金仁淑の小説は、私たちが失ってしまった何人ものエレナたちの話を、私たちが知らぬふりをしてきた何人ものパピアンヌたちの話を解き放つであろう。話の中で男たちは女たちを捨て、女たちもまたそれと同じくらい男たちを捨てるが、彼らが言い尽くせなかった話は、〝小説〟という美しい名の布をまとい、いつでも私たちの前に再び立ち現れるだろう。ニーチェの言葉にあるように、この世に生まれてほんの一瞬でも〝動いた〟者は、琥珀の中に化石になって一本の毛の先も損なわれずに残っている昆虫さながら、存在と存在の間に絡まった不可解な運命のネットワークの中にあっても、何とかして強く生き残っていくことであろう。

あとがき

家の中に鉢植えが一つある。数年前に持ち込まれた時には、花の名前のプレートがついていた。憶えにくい名前ではないからと、しばらくしてプレートを取ってしまったが、簡単には忘れないだろうと思っていた名前を、もう思い出せない。私の腰までもない小さな木だ。この原稿を書きながらその鉢植えを見つめているのだが、名前を忘れてしまったのだから名前を呼ぼうにも何と呼べばいいのやら……、木なのか、それとも草花なのか、理不尽ではあるが、花と呼ぶべきなのか、よくわからずにいる。何年も花を咲かせたことがないのだから、花でないことは確かなようだ。

箱を作る会社に勤めている長兄の取引先の中に、花や木を売る会社があるのだという。兄は箱を納品するというその日、大きいのから小さいのまで、様々な鉢植えをもらってきてベランダに並べ、妹たちを待った。妹たちは兄の家へ行き、色々な花をもらって帰る。小さな花が群れ咲く鉢だった。そんな日には、私の狭い家が、花でぱっと明るくなる。だが、それもほんの短い間だけだ。草花を育てるのが上手な母や、草花がとても好きな兄とは違い、私はその方面の素質が全くなかった。水をやりすぎてはだめにし、水をやらなければ今度は枯らしてしまう。数日ももたなかった。花をもらった時の喜びが大きいだけに、枯れた花を捨てる時気持ちが沈んだ。まだ息のある花を捨てるのはしのびなくて、完全に枯れてしまうまで、ついにはからからになるまで部屋に置いた。枯れないようにせいいっぱい何かしたわけでもなかった。そのまま捨ててしまっても罪の深さは同じだろうと思いながらも、時間が過ぎていくのをただ待っていた。

今、眺めているその鉢植え、何と呼べばいいのか、木なのか何なのかよくわからないそれが、私の家の中で唯一生き残った鉢植えだ。驚いたことにそれは、水をやらなくても生き、水をやっても生きた。すっかり忘れていて、ふと思い出して見てみればまだ生きており、そうやって忘れてしまっていたことに驚いて、一掬いの水をかけてやっても、水をやる前と変わる様子も見せない。記憶が正しければ、鉢植えがこの家に来てから、成長したこともなければ葉が落ちたこともない。それで時々トントンと声をかけてみる。ねえ、生きてる？　そう尋ねてみたい気になる。こうして書いている今、その鉢植えに目をやるたびに、申し訳ない気持ちになる。本当に心から。

同じ家にいるのに、私たち、あまりに無頓着ね。

「言葉を重ねれば重ねるほど俗っぽくなる」と、この本に収められた小説の主人公を通して私は言った。「たとえ許す気持になれなくても、幸い言葉というものがある。ただ一言許すと言うだけでいいんだ」と、別の主人公を通して言いもした。一篇ずつ書いている時には気づかなかったが、まとまってみると見えてくるものがある。時間だ。時間の中で私が書けずにしまった言葉たちだ。いまだ解き放ってやれない冗漫な言葉のようで、書き尽くせなかった言葉たち。簡潔に書こうと思いながらそうはいかなかった。叶わぬ願いだろうが、言葉は消え、文章だけ残ることを願った。言葉も消え、文章も消えることなど望むべくもない。いまだ道は遠く、道を夢見ることもできない。嘘だ。道とは……そんなことは考えたこともない。

同じ家で一緒に住む木に対しても無頓着な私は、何に対してそうでないのかと考えてみる。すべてに対して、申し訳なく思うばかり。幸いなことに自分自身に対してもそうだ。だから、また書くのだろう。あるいは、一人つぶやいたり。

感謝すべき人は多い。感謝すべき花や木、土と水、風と空、そしてたくさんの記憶。それも減らしていきたい。それが私にできる精一杯の簡潔さだ。

二〇〇九年 九月

金仁淑

収録作品初出誌

「アンニョン、エレナ」　『韓国文学』二〇〇九年 春号
「息─悪夢」　『文学トンネ』二〇〇七年 冬号
「ある晴れやかな日の午後に」　『現代文学』二〇〇五年 七月号
「チョ・ドンオク、パピアンヌ」　『創作と批評』二〇〇六年 春号
「その日」　『現代文学』二〇〇七年 一月号
「めまい」　『韓国文学』二〇〇六年 夏号
「山の向こうの南村には」　『文章ウェブジン』二〇〇八年 五月号

■著者プロフィール

金仁淑（キム・インスク）

1963年、ソウル生まれ。延世大学新聞放送学科卒。

1983年、朝鮮日報新春文芸に選ばれ、創作活動を始める。

小説集に『共に歩む道』『白刃と愛』『ガラスの靴』『ブラスバンドを待ちながら』『その女の自叙伝』、長編小説に『血縁』『炎』『79—80年の冬から春の間』『長い夜、短く近づく朝』『だからあなたを抱きしめる』『シドニー、その青い海に立つ』『遠き道』『陰、深い場所』『花の記憶』『偶然』『ポンジ』などがある。

韓国日報文学賞、現代文学賞、李箱文学賞、イス文学賞、大山《デサン》文学賞などを受賞。

■訳者プロフィール

和田景子（わだ・けいこ）

1971年生まれ。

2009年、第8回 韓国文学翻訳新人賞（佳作）受賞。初邦訳短編に「コーリング・ユー」（「たべるのがおそい vol.1」書肆侃侃房）がある。

Woman's Best 4　韓国女性文学シリーズ 1
アンニョン、エレナ

2016 年 9 月 17 日　第 1 版第 1 刷発行

著　者　　金 仁 淑
翻訳者　　和田 景子
発行者　　田島 安江
発行所　　書肆侃侃房（しょしかんかんぼう）
〒 810-0041
福岡市中央区大名 2-8-18-501（システムクリエート内）
TEL 092-735-2802　FAX 092-735-2792
http://www.kankanbou.com
info@kankanbou.com

編　集　田島 安江（書肆侃侃房）
DTP　黒木 留実（書肆侃侃房）
印刷・製本　株式会社西日本新聞印刷

ISBN978-4-86385-233-4 C0097

Woman's Best

書肆侃侃房のWoman's Bestとは、フィクション・ノンフィクション問わず、
世界の女性の生きかたについて書かれた書籍を翻訳出版していくシリーズです。

『ジェシカ 16 歳 夢が私に勇気をくれた True Spirit』

ジェシカ・ワトソン／著　田島巳起子／訳

四六判・並製・344ページ＋口絵カラー16ページ　定価：本体1,600円＋税

210日間、4万3千キロ、ピンクのヨットで単独無寄港世界一周を成し遂げたジェシカ。出発までの限りない練習と大人の説得。そしてセーリングに必要なあらゆる知識と技術を修得し、ついに一人、海へ。世界一周をやり遂げた彼女は、失読症も見事に克服。航海中のブログをもとに、航海までの日々、その時々の心境を追記した旅行記は、読む人すべてに勇気を与えてくれるだろう。また、映画『ソウル・サーファー』の制作チームにより映画化も決定！オーストラリアにて撮影予定となっている。
本国オーストラリアでは、9刷10万部。アメリカ、ドイツ、フランス、イタリア、ポーランド、ロシア、韓国、中国と、世界各国で出版されている。

『幸せの残像　THE BOOK OF FATE』　パリヌッシュ・サニイ／著　那須省一／訳

四六判・並製・656ページ　定価：本体2,500円＋税

２回発禁処分を受けながらも発売を続け、すでに20刷、20万部を超える、イラン最大のベストセラー作品。ついに、完全日本語訳完成。1979年のイスラム革命、イスラム共和国の誕生を経て、激動の半世紀を生きるイラン女性の友情と恋愛、恐れと希望の物語が、読む人の心を鋭くとらえる。

イタリアのジョバンニ・ボッカチオ賞受賞
「あなたの世界観が広がる。心行くまで味わうべき書」（アイリッシュ・タイムズ紙）
「傑作。法の裁きで論理的に公然と発禁処分とするのは不可能」（イランの雑誌ブハラ）

『オスカー・ワイルドの妻コンスタンス 愛と哀しみの生涯 Constance : The Tragic and Scandalous Life of Mrs Oscar Wilde』

フラニー・モイル／著　那須省一／訳

四六判・並製・528ページ＋口絵カラー16ページ　定価：本体2,500円＋税

時代は19世紀末の英国。天才の名をほしいままにした希代の劇作家「オスカー・ワイルド」の美貌の妻コンスタンスは、オスカーの同性愛発覚と投獄によって奈落の底へ。ふたりの栄光の日々とその後の苦悩に満ちた生涯が、この本によって赤裸々に明かされた。コンスタンスの哀切な心情の吐露に、心を打たれずにはいられない。

「心を奪われる伝記……モイルのこの書はこれまで未公開のコンスタンスの300を超える手紙に基づき、心躍る、悲しい、そしてまったくもって説得力のある伝記に仕立て上げている。最終章はベテラン書評家の私でさえ涙を誘われてしまった」（英ガーディアン紙）
「フラニー・モイルはコンスタンスを埃まみれの押入れから引っ張りだしてきた。オスカーもまた素晴らしくかつ破滅的に姿を現している……オスカーの名声は回復されて久しいが、この良書によりモイルはコンスタンスの評価も負けないように回復させた」（英タイムズ紙）

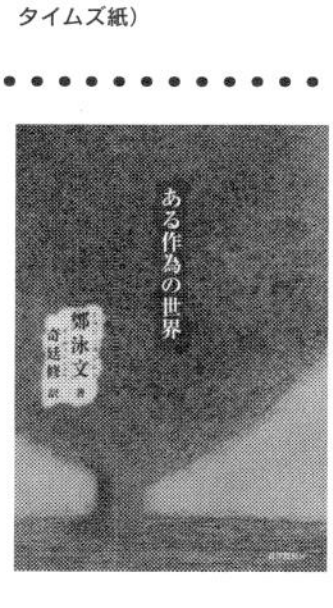

『ある作為の世界　어떤 작위의 세계』

鄭泳文（チョン・ヨンムン）／著　奇廷修（キ・チョンシュウ）／訳

四六判・並製・304ページ　定価：本体1,600円＋税

見たこと、聞いたことをそのまま表現しないことに徹した詩的リアリティーの顕在化。空想の世界へ。春と夏、二つの季節をサンフランシスコで過ごしながら書いた、漂流記に近い滞在記。

「非叙事小説の珍景を見せてくれて新たな境地に達した」（大山文学賞）
「鄭泳文小説の新しさであり、韓国文学の新しさ」（東仁文学賞）
「些細なことの中で物語りを作り出す卓越した能力を持っている」（韓戊淑文学賞）